꽃가루처럼 내려놓아라

꽃가루처럼 내려놓아라

애쓰지 않고 고요하게, 내면의 힘을 잡아주는 마음 안내서

마이트리 이시현 지음

쌤앤파커스

| Prologue |

우리는 성장하기 위해 이곳에 왔습니다

'내가 과연 좋은 안내자가 될 수 있을까?'

마음속에서 끊임없이 묻는 질문과 씨름하다 쓰고 있던 원고를 잠시 중단했습니다.

나는 명상 안내자가 되려고 생각해본 적이 한 번도 없었습니다. 많은 직업을 거쳤고, 누구보다 현실적인 생계형 인간이었습니다.

어느 날 내 일상과 생각을 송두리째 흔들어놓은 신비한 체험들이 일어났습니다. 준비되지 않은 상태에서 맞이한 영적 체험은 현실 못지않게 나를 힘들게 했습니다. 내 인생 계획에 없던 체험이지만, 돌이켜보면 명상 안내자가 되기 위한 보이지 않는 차원의 계획 중 일부였던 것 같습니다.

그러다 문득, 흔들리는 나를 향해 마지막 질문을 던졌습니다.

'죽음의 문턱에 이르렀을 때, 난 무엇을 가장 후회할까?'

역시 내가 체험하고 깨달은 지혜를 세상에 나누지 못했다는 것이 가장 후회스러울 것 같았습니다.

영적인 경험을 통해 배운 지혜들이 있습니다. 내 마음이 왜 이러는지, 어떻게 살아야 하는지, 내게 닥친 이 상황이 어디서 왔고 무엇을 의미하는지 등등. 마음을 활용하여 성공을 이루는 법칙이 있다는 것을 알리고 그 지혜를 다른 사람들과 나누지 못한다면 사는 내내 후회하는 마음에서 벗어나지 못할 것임을 직감했습니다.

명상 안내자가 되기까지의 여정 속에서 분명히 깨달은 사실이 있습니다. 삶을 송두리째 바꾸는 힘이 있는 영적인 체험은 우리 모두에게 필요한 경험이며, 누구나 훈련을 통해 가능하다는 것이지요. 매일 전투적인 삶을 살지라도 그 안에서 모든 체험이 가능하다는 것입니다. 하지만 혼자서 영적 체험에 도달하기는 쉽지 않습니다. 마음을 비집고 들어오는 수많은 정보에 노출되어 있기 때문입니다. 그 길에 마음과 삶의 균형을 잡아주는 다른 이의 경험은 영적 체험에 대한 이해를 도울 수 있습니다.

나의 경험과 성장 과정들이 누군가에겐 삶의 의미를 찾게 해줄 거라는 희망을 품고 나는 다시 용기 내어 원고를 쓰기 시작했습니다.

서두에 이 이야기를 하는 이유는, 앞으로 기록될 나의 경험에 대해 이 책을 읽는 여러분이 마음의 문을 열고 모든 것을 허용하며 가슴으로 읽어 내려가길 소망하기 때문입니다. 또한 삶이 얼마나 아름다운지, 우리 모두 사랑 안에서 무한한 보호를 받고 있다는 것을 직접 체험하길 바라기 때문입니다.

우리는 성장하기 위해 이곳에 왔습니다. 생각하는 대로 살지 않으면 사는 대로 생각하게 되지요. 이 무한반복의 굴레에서 벗어날 방법은 존재합니다. 생각이 어디에서 오는지 알 수 있다면 생각하는 방법을 배움으로써 내가 진정으로 원하는 삶을 살 수 있습니다. 나는 그 방법으로 일상에 명상을 접목했습니다. 그 결과 삶을 대하는 태도와 세상을 바라보는 관점이 의식 상태를 나타낸다는 지혜를 발견했습니다.

나를 자각하고 이전과 다른 삶을 살도록 의식을 성장시켜주는 마음챙김과 명상은 불안한 현대인에게 필수품과도 같습니다. 이 책에서는 내가 명상을 통해 터득한 일상에서의 마음챙김 훈련법을 안내할 예정입니다. 이미 많은 분들이 내가 개발하고 진행한 의식성장 솔루션으로 자신의 문제를 해결하고 내적 성장을 이루었음을 여기에 밝힙니다.

제주에서

마이트리 이시현

지금 여기 나에게 오롯이 집중하게 도와주는 마음챙김은
나를 있는 그대로 봄으로써 부정적인 생각과 감정에서 벗어나
일상을 지혜롭게 살게 해주는
현대인의 필수품이자 일상어가 되었습니다.

외부의 자극에서 벗어나 내면을 바라볼 수 있도록
언제 어디에서나 가만히 멈춰서
호흡에 집중하는 시간을 갖는 것이
곧 마음챙김의 시작입니다.

내가 진정 원하는 삶은 무엇일까?
나에게 왜 이런 일이 닥쳤을까?
나도 이전과 다른 삶을 살 수 있을까?
보이지 않는 차원을 체험해볼 수 있을까?

환영합니다!

이곳은 당신이 내면 안내자를 만날 수 있도록

의식의 힘을 길러주는 곳입니다.

이 책에서 제시하는 명상과 솔루션을 통해

마음을 바라보며 마음근력을 키울 수 있는 힘,

일상에서의 마음챙김을 통해

당신이 보다 의식적인 차원에서

원하는 것을 이루며

지혜롭게 살기를 진심으로 기원합니다.

마음과 가슴을 열어주는
오픈명상

| contents |

Chapter 3.

내면 안내자로부터 온 지혜의 메시지

나의 글명상 이야기

Chapter 4.

당당하게 살아가는 힘

온전한 나로 살아가는 변화의 시작

Chapter 5.

내 안의 신성이 눈을 뜨다

신의 사랑, 지혜, 능력을 사용하는 법

의식성장 솔루션 그후

“

네 발을 꽃가루처럼 내려놓아라.

네 손을 꽃가루처럼 내려놓아라.

네 머리를 꽃가루처럼 내려놓아라.

그럼 네 발은 꽃가루, 네 손은 꽃가루, 네 몸은 꽃가루,

네 마음은 꽃가루, 네 음성도 꽃가루.

길이 참 아름답기도 하고

잠잠하여라.

”

– 나바호 인디언들의 마음을 가라앉히는 지혜의 주문

INTRO

삶의 절박함 속에서 의식이 깨어나다

어느 날 내게 온 특별한 영적 체험

한동안 하루의 반나절 이상을 명상만 했던 시기가 있었습니다. 그러던 중 명상 상태에서 내면 여행의 시작을 알리는 경험을 하게 되었습니다.

모두가 잠든 시간, 나의 몸이 크게 흔들리기 시작했습니다. 지진이 났나 생각했지만, 나는 너무나 평온한 느낌 속에 있었습니다. 누군가가 나를 흔들어 깨우는 듯 몸이 심하게 흔들렸습니다. 흔들리는 속도가 더욱 빨라지자 아예 잠들기를 포기하고 그 흔들림에 몸을 맡겼습니다. 가만히 눈을 뜨자 시야에 가장 먼저 들어온 것은 벽면에 곡선을 그린 ॐ 문양이었습니다 (산스크리트어로 '옴'을 나타내며, 신성한 음절로 여겨짐). '누가 벽에다 낙서했을까?'라는 생각이 스쳐 지나갈 때쯤, 무언가 다름을 느꼈습니다. 이상하리만치 마음이 평온했고, 흑백보다는 진한 색이 방을 채우고 있었지요. 평상시와 다른 깨어남인데, 그 어떤 미동도 없는 평온의 상태였습니다.

나는 그 기운 그대로 명상이나 하자며 몸을 일으켜 세웠습니다. 바로 그 순간 내 눈에 들어온 건 누워 있는 내 모습이었습니다. 자고 있는 아이들 옆에는 또 다른 두 아이가 발장난을 치고 있었고요. 두 아이는 천사의 미소와 웃음소리로 내 아이들을 지켜주고 있는 듯했습니다. 그런 낯선 광경을 보면서도 내 마음은 두려움은커녕 놀랄 만치 평온했습니다. 내가 나를 바라보며 어떻게 생겼는지 자세히 보고 싶다는 생각이 드는 순간! 의식이 몸과 하나가 되면서 감은 눈이 떠졌습니다.

일어나 한참을 멍하니 있었습니다. 벽은 깨끗했고, 지진은 일어나지 않았으며, 아이들은 내가 본 모습 그대로 잠들어 있었지요.

이후 나는 아침 일찍 명상으로 하루를 시작했고, 이 경험에 대해 크게 의미를 두지 않았습니다. 아니, 그럴 만한 시간이 없었어요. 그러기엔 내 일상은 쉴 틈 없이 바쁜 나날의 연속이었습니다. 만약 당시 그 경험에 빠져 집착했다면 나는 이 책을 쓰지 못했을 것입니다. 특별한 사람으로 인정받고 싶다는 욕구로 가득한 마음의 노예가 되어 있었을 테니까요.

인간은 모두 영적인 존재

많은 사람들이 특별한 영적 체험을 하고 싶어 합니다. 특히나 명상하는 사람들은 더더욱 그러하지요. 분명한 건, 영적인 체험은 누구나 경험하게 되는 하나의 성장 과정이라는 것입니다. 자신의 성장 속도에 맞춰 영적 체험은 적절한 시기에 당신을 기다리고 있습니다. 인간은 모두 영적인 존재이기 때문입니다. 다만, 마음으로 영적인 체험을 경험한다면 신비 체험에서 성장은 멈춰버립니다. 하지만 높은 의식과 하나가 되는 순간, 신비 체험은 우리의 삶 그 자체가 됩니다. 삶이 곧 신비 체험이 되는 것입니다. 우리는 영적인 존재로서 삶을 바라보기에 모든 순간이 감사함으로 충만해지기 때문이지요(지금은 무슨 말인지 확 와닿지 않을 수도 있습니다. 앞으로 제시하는 솔루션을 하나하나 따라가다 보면 어느 순간 그 의미가 명확해지는 순간이 올 것입니다).

이 책에서는 삶과 영성 사이에서 고민하는 사람들을 위해 마음챙김 명상을 통한 영적 체험과 함께 의식성장을 위한 훈련 방법에 대해 나누고자 합니다. 마음을 바라볼 준비가 된 사람들에겐 각자에게 맞는 체험들이 기다리고 있기 때문입니다. 마음을 들여다보기로 했다면 영적 체험은 자연스러운 것입니다. 하지만 그 체험에 집착하는 마음은 경계해야 합니다. 마음이 어떤 한 곳에 달라붙으면 내적 성장을 방해하기 때문입니다. 마음이 집착하지 않도록 당신의 체험을 그저 자연스럽게 받아들이고 흘려보내야 합니다.

마음은 커튼과도 같습니다. 마음을 닫고 자신만의 세계에 빠지면 세상과 단절됩니다. 마음을 열면 눈앞에 펼쳐지는 눈부신 풍경들이 눈에 들어오지요. 자연의 사계절을 볼 수 있도록 마음을 열어보세요. 내 삶이 어디로 어떻게 흘러가는지, 어둠과 태양이 어떻게 공존하는지, 이제부터 내면의 눈을 통해 바라보는 연습을 해봅니다.

마음을 알아차리고 활용할 줄 아는 사람들은 현실에 집착하기보다 자연의 법칙에 따라 움직입니다. 자기 안에 가득한 것은 자연스레 밖으로 흘러넘칩니다. 행복과 기쁨이 가득 차 있다면 다른 사람들과 나누고 싶어 하지요. 그것이 자연의 법칙이기 때문입니다.

안락함 또한 자신의 내면을 바라볼 수 없게 합니다. 안락함은 정체된 에너지입니다. 부족하지도, 넘치지도 않기에 채울 수도, 나눌 수도 없습니다. 변화를 꿈꾸지만 행동은 두려워합니다. 외부에 어떤 충격적인 자극이 없는 이상, 안락함이라는 에너지에 붙들려 있게 되지요. 이런 상황은 안락함을 깨트리는 외부의 충격을 기다리고 있는 것과 같은 것입니다.

그렇다면 힘들고 외롭고 부정적인 감정을 가진 사람이 마음을 들여다보고 활용할 수 있는 좋은 조건을 갖춘 사람들일까요? 이는 맞기도 하고 틀리기도 합니다. 맞다는 이유는, 자신이 가장 힘들 때 스스로에게서 답을 찾으려 하기 때문입니다. 답을 찾기 위해 자신에게 수많은 질문을 던지기도 합니다. 그 질문이 마음을 움직이게 하는 것이지요. 틀리다는 이유는, 죽을 만큼 힘든 상황임에도 불구하고 자신의 마음을 들여다보지 않는 사람들이 많기 때문입니다.

우리는 언젠가 꼭 한 번은 자신의 마음을 있는 그대로 바라보아야 합니다. 단단한 벽에 부딪혀 오도 가도 못할 때 근원적인 질문을 던지고 그 답을 찾아줄 이는 어느 누구도 아닌 나 자신밖에 없기 때문입니다. 이는 누구도 피해 갈 수 없습니다.

마음이 아닌 의식을 따르는 길

어제 다르고 오늘이 다른 마음을 알아차린 적이 있나요? 예를 들어, 잠들기 전 꼭 하겠다 마음 먹은 일이 있는데, 아침에 눈뜨고 보니 그 마음이 시들해진 적이 있다면 이 말에 공감할 것입니다. 마음은 그렇게 자신을 들여다보지 못하도록 우리의 시선을 자꾸만 외부로 돌리게 합니다. 이 마음을 알아차리고 마음보다 빠르게 행동하는 자가 된다면 우리의 삶은 기적처럼 변화될 것입니다.

우리는 지금보다 더 나은 삶을 원합니다. 진정한 행복과 사랑의 의미를 알고 싶어 합니다. 그렇다면 수시로 올라오는 변덕스러운 마음을 알아차리고 활용할 수 있는 힘을 길러야 합니다. 그것이 '의식'의 힘이지요. 높은 의식 상태일수록 마음은 의식을 위해 일하게 됩니다. 이 책을 통해 높은 의식 안에서 마음이 당신을 위하여 일할 수 있기를 바랍니다. 의식의 흐름에 맞춰 삶을 살 준비가 되어 있다면! 당신의 삶이 어디로 흘러갈지 다음의 12가지 질문에 맞춰 답을 찾아가는 훈련을 시작해보세요.

성공적인 '의식성장'을 위한 12가지 질문

1. 내적인 행복감이 무엇인지 느끼고 싶은가?
2. 과거의 기억으로부터 자유로워지고 싶은가?
3. 늘 일어나는 감정과 생각이 내 마음이 만드는 것임을 인정할 수 있는가?
4. 당신은 정신과 물질의 풍요를 누릴 준비가 되어 있는가?
5. 언제 올라올지 모르는 나의 숨겨진 감정을 지배하고 싶은가?
6. 타인의 시선으로부터 자유로워지고 싶은가?
7. 영적인 체험을 받아들일 수 있는가?
8. 마음이 아닌 높은 의식 차원으로 살아갈 각오가 되어 있는가?
9. 의식이 마음을 지배하고 싶은 욕구를 허용하는가?
10. 제시하는 솔루션에 마음을 열어 적극적으로 참여할 의도가 있는가?
11. 침묵과 함께 고요 속 자신을 위한 시간을 허락할 수 있는가?
12. 체험 후 삶의 변화를 느꼈다면 다른 이들에게도 나눠줄 의도가 있는가?

나를 내면의 길로 인도한 일주일간의 체험들

명상의 '명' 자도 모르던 시절, 내게 절대 잊을 수 없는 깨달음을 안겨준 몇 가지 경험들이 있습니다. 치유와 사랑을 나눌 수 있는 약속된 차원의 공간이 바로 삶이라는 것을 깨닫게 해준 사건이었지요. 그 삶 안에서 우리는 바로 지금, 이 순간 치유가 일어나고 사랑의 보호를 받고 있는 것입니다.

7년 전 가족들의 생계를 책임졌을 때 겪었던 체험에 관한 이야기입니다. 당시 나는 벌여놓은 사업을 성공시키기 위해 고군분투하고 있었습니다. 경제 상황이 심각한 상태였기에 더 이상 물러설 곳이 없었습니다. 기댈 곳은 단 하나, 간절한 마음으로 기도하는 것뿐이었지요.

기도의 내용은 뒤죽박죽이었습니다. 내가 한 선택이 옳은 것인지 의심하다, 평범한 가정주부로 살지 왜 이리 무모한 도전을 했을까 원망과 후회로 가득한 마음에 사로잡혔다가, 그래도 잘될 거라는 희망에 찬 기도로 마무리를 짓는 나날이었습니다. 당시 나는 매일 한두 시간씩 쪽잠을 자며 일하고 있었습니다.

간절함 때문이었을까. 어느 날 문득 책장에 꽂혀 있는 웨인 다이어의 〈확신의 힘〉이라는 책이 눈에 띄었습니다. 순간 무엇에 이끌리듯 바로 책을 읽어 내려갔습니다. 본문에 네빌 고다드라는 인물에 관한 이야기가 나오는데, 그는 눈을 감고 사다리를 올라가는 상상을 하면 현실에서 사다리를 오르는 상황을 만들어낼 수 있다고 했습니다.

상상만 하면 현실이 된다고? 눈을 감고 잠시 나의 성공한 모습을 상상했습니다. 하지만 곧바로 현실에 부딪혀 말도 안 된다고 생각한 순간, 이상하게 알 수 없는 공기의 흐름이 느껴지며 온몸에 소름이 돋았습니다. 바람이 내 영혼 깊숙이 관통하는 느낌에 잠시 숨을 멈췄습니다. 그것은 우리가 흔히 오감으로 느끼는 바람이 아니었어요. 이상한 마음이 들었지만, 새벽 3시 무렵이라 스산한 기운이 느껴졌을 뿐이라고 생각하며 방으로 가 잠을 청했습니다. 당시엔 현실적인 어려움으로 정신적 · 육체적으로 많이 쇠약해진 상태였기 때문에 그런 기분이 드는 것조차 크게 놀랄 일도 아니었습니다.

그러나 다음 날, 본격적인 체험들이 나를 기다리고 있었습니다.

이른 아침 눈을 뜨자 평상시와 다른 나를 느꼈습니다. 제일 먼저 눈에 들어온 것은 아주 작고 미세하게 흔들리는 벽면의 초점들이었어요. 많은 입자와 격자무늬들이 겹쳐 보였습니다. 내가 너무 피곤한 탓일까? 몸과 마음이 매우 지쳐 있었기 때문에 보이는 현상일 수도 있다고 생각했습니다. 하지만 거기서 끝이 아니었어요. 이명이 들리기 시작했고, 누군가 계속 초인종을 누르는 것처럼 벨 소리가 온 공간에 울려퍼졌습니다. 물론 그 소리는 나에게만 들리는 것이었지요.

'자꾸 왜 이럴까?'

정신없는 아침을 보내고, 오후 두 시쯤 되었을 때 내 영혼을 흔들어 놓는 깊고도 웅장한 음성이 들려왔습니다

"두려워 마라! 두려워 마라! 두려워 마라!"

너무 놀라 숨죽인 채 주변을 살폈습니다. 나는 천주교 신자입니다. 그 소리는 하느님의 음성도, 계시도 아니었어요. 그 어떤 종교적인 색도 없었고, 오로지 내 안에서 공명하는 듯했습니다. 이렇듯 알 수 없는 경험들이 내 앞에 펼쳐지고 있었습니다.

그렇게 이틀 정도의 시간이 지났을 때 또 다른 경험이 나를 기다리고 있었습니다. 이동하는 차 안에서 미래에 있는 나를 본 것입니다. 하나의 장면이 떠오르고, 미래에서 내가 느끼고 있는 감정과 느낌이 전해졌습니다. 미래의 나는 누군가에게 초대받아 이동하는 차의 뒷자리에서 과거(지금)를 회상하고, 지금의 나는 그런 나의 미래의 장면을 바라보고 있었습니다. 미래의 나는 부유하고 여유로웠으며, 충만한 상태로 과거(지금)를 떠올리고 있었습니다. '지금 나는 이렇게 힘든데 미래의 나는 어떻게 해서 저런 느낌들 안에 있을까?' 스스로 질문했던

기억이 아직도 생생합니다. 이런 장면과 느낌은 그날 저녁 이후로 여러 차례 나를 찾아왔습니다

그때 나의 체험 상황을 가장 비슷하게 표현할 수 있는 것이 영화 〈인터스텔라〉입니다. 쿠퍼가 블랙홀을 지나 시공간을 넘어 5차원의 책장 안에 떨어진 기분과 현상들이 내가 체험한 현상과 비슷하게 묘사된 것 같습니다.

가장 인상 깊었던 한 가지는 바로 과거였습니다. 나의 지나온 모든 순간을 흐르듯 쳐다보는 느낌 안에 머물러 있을 때였습니다. 그때 나는 매우 예민한 상태로, 지금 경험하는 이 모든 현상들이 극도의 스트레스로 나타난 것이라고 생각했습니다. 어느 순간 흐느끼며 울고 있는 어린아이의 모습이 보였습니다. 혼자 울고 있던 아이는, 하느님이 있다면 더 이상 살고 싶지 않으니 제발 자기를 데려가 달라고 하늘을 향해 기도하고 있었습니다.

나는 그 아이를 바라보며 울기 시작했습니다. 안아줄 수 없는 아이였지만 연결된 상태라는 것을 본능적으로 알았지요. 나는 아이를 향해 모든 것이 괜찮다고 얘기했습니다. 그 아이가 자라 지금 잘살고 있으며, 애쓰고 고단했던 삶의 한 터널을 잘 통과했다고 위로했습니다. 울고 있던 아이가 환하게 웃는 순간 내 몸에 전율이 느껴졌습니다. 그렇게 한 공간 안에서 다른 차원의 모습을 보며 차원의 연결을 처음으로 경험했습니다 (이 경험은 시간이 지나 명상을 안내하며 정신과 물질의 풍요를

누릴 수 있도록 도와주는 큰 역할을 하게 됩니다. 그리고 상담자와 내적 존재의 연결을 도와주는 열쇠가 되어주었습니다).

일주일간의 놀라운 경험에 종지부를 찍어준 것은 아들이었습니다. 아들에게 점심을 차려주고 주방에서 뒷정리를 할 때였습니다. 아들은 그날도 변함없이 신나게 웃으며 쫑알대고 있었습니다. 그때 감각적으로 느끼는 현상과 환청에 어지러움을 느꼈습니다. 이러다 정신 이상자가 되는 것은 아닐까? 어수선한 생각을 바꾸려 아들을 쳐다보며 밝게 웃어주는 찰나, 엄마를 보며 함박웃음을 짓는 아들 옆에 펼쳐진 장면에 나는 그만 바닥에 털썩 주저앉았습니다.

훌쩍 커버린 성장한 아들이 홀로그램 안에서 뚜벅뚜벅 걸어오는 모습이 보였습니다. '내가 미쳤나?'라는 생각이 들어올 틈도 없이 그 순간 '앎'이 내 머리를 관통했습니다 (이 표현밖에는 딱히 표현할 방법이 없네요)! 생각이 들어올 틈도 없는 찰나에 많은 것을 알게 되었습니다. 심장이 멈추는 듯했습니다. 그때 성장한 아들의 음성이 들려왔습니다. "잘 키워주셔서 감사합니다." 나는 바닥에 털썩 주저앉아 통곡하듯 울기 시작했습니다. 나의 눈물을 통해 사랑의 왜곡된 관념과 마음 안에 갇혀 살았던 시간, 사랑, 자유… 모든 것들이 한꺼번에 쏟아져 나오는 느낌이었습니다.

아직도 그날을 생각하면 감정이 벅차오릅니다. 얼마나 울었는지 모를 정도의 시간이 흘러 정신을 차리고 보니 나를 감싸고 있던 공간과 느낌, 환청, 그 모든 것들이 제자리로 돌아와 있었습니다.

일상은 깨달음을 얻는 가장 훌륭한 도구

이 체험으로 인해 나는 변했지만, 삶은 변하지 않았습니다. 특별한 마법도 일어나지 않았고, 능력이 생긴 것도 아니었지요. 여전히 감정과 부딪혔고, 현실에서 답을 찾아 헤맸습니다. 이 체험을 통해 변화된 점이 있다면, 사람들이 겪는 모든 일에 대해 그 단면만 보지 않는 지혜가 생겼다는 것입니다. 일주일간의 체험이 나를 안내해준 것은 바로 명상이었습니다. 명상을 해야 한다는 자연스런 이끌림을 통해 배움과 스승 없이 나는 홀로 명상을 하기 시작했습니다. 영적인 성장의 문이 열리기 시작한 것이지요.

많은 사람들이 지나간 과거는 잊으라고 말합니다. 지난 일을 들춰 뭐하냐며 마음을 내려놓으라고 합니다. 이제 나는 이 말에 공감하지 않습니다. 다른 이의 상처에 대한 자신의 무책임을 인정하는 것이기 때문이지요. 과거의 상처는 지나간 것이 아니라, 우리가 발견해야 할 것이 있다는 무언의 신호입니다. 그 신호를 무시해서는 안 됩니다. 분명한 사실은, 상처를 치유할 수 있는 사람은 오직 나 자신뿐이라는 것입니다. 또 내면을 바라보는 훈련을 통해 상처를 들여다보아야 비로소 치유가 가능하다는 것이지요.

과거는 '지금 이 순간' 나의 태도와 각오로 재구성할 수 있습니다. 과거에 울고 있던 어린 시절의 나에게 진심으로 위로와 안도감을 전하자 아이는 미소를 지으며 해맑은 모습으로 변했습니다. 그 찰나의 순간은 내게 많은 가르침을 전해주었습니다.

우리의 삶은 매 순간이 기회입니다. 당신이 지나온 삶이 당신을 증명하고, 당신은 지금 새로운 삶을 증명해나갈 수 있습니다. 우리는 일상을 통해 삶을 완성해갑니다. 우리 삶의 여정이 곧 깨달음인 것이지요. 일상에서 올라오는 수많은 감정과 생각들, 예상치 못하게 벌어지는 일들, 뜻밖에 찾아오는 행운들… 우리 삶은 곳곳에 숨겨진 깨달음을 찾기 위해 펼쳐지는 스펙터클한 로드 무비와도 같습니다. 내 앞에 펼쳐진 배움과 깨달음을 알아차리기 위해 우선 일상의 모든 것들을 훈련 도구로 활용하는 방법을 익혀야 합니다.

앞으로 설명할 '삶의 주인이 되는 방법들'은 나의 실제 경험을 통해 증명된 것들입니다. 이 방법을 통해 많은 이들이 삶에 놀라운 변화를 맛보았습니다. 이러한 경험을 바탕으로 일상이 훈련 도구가 될 수 있도록 하나씩 안내할 것입니다. 당신이 삶의 여정을 지휘할 수 있는 창조자가 되기를 사랑을 담아 응원합니다.

CHAPTER ONE

마음챙김이 필요한 시간

내면을 단단하게 만드는 의식성장 가이드

"밀려오는 불안과 두려움을 피해 달아나지 마세요.

마음을 회피하면 어떠한 성장도 일어나지 않습니다."

마음과 의식을 알아차리는 명상의 힘

내가 명상의 중요성을 알게 된 건 의식이 깨어난 여러 번의 체험을 통해서입니다. 매일 잠들기 전 두 시간 이상 명상에 몰두하던 시기가 있었습니다. 여느 날과 마찬가지로 아이들을 재워놓고 명상을 했습니다. 침대에 누워 온몸을 이완시키는 데 집중했습니다.

가장 편안한 호흡으로 숨을 깊게 들이마시고 내쉽니다. 나를 통해 호흡이 들어오고 나가는 통로를 천천히 느낍니다. 숨을 크게 들이마셔 호흡이 나의 가슴까지 내려오게 합니다. 몸이 이완되며, 그 호흡은 가슴에서 단전으로 내려와 발끝까지 뻗칩니다. 어느새 나는 몸과 세포를 통해 호흡합니다. 그렇게 호흡과 하나가 됩니다. 들숨과 날숨을 반복하며 매 순간 새로운 공기를 받아들이고 감사함으로 마음을 채웁니다. 들숨에 에너지를 모아 날숨에 감사함을 느낍니다.

가끔 호흡을 놓칠 때면 곧바로 생각이 올라왔습니다. 문득 낮에 겪은 일이 떠올랐습니다. 해소되지 못한 감정이 내 머릿속에 머물러 있는 듯했습니다. '아, 내가 알아차리고 배워야 할 것이 있구나.' 이 생각을 알아차리고 기꺼이 배우겠다고 다짐했습니다. 의식이 깨어나 정화할 수 있게 되었음을 기뻐하며 내면의 신성에게 감사함을 표했습니다.

올라온 생각을 흘려보내고 다시 호흡에 집중했습니다.

빛과 하나 되는 따뜻한 경험

명상에도 예열이 필요합니다. 감정과 생각이 지나갈 수 있도록 허용하며 집중할 수 있는 예열단계를 거쳐야 합니다. 의식이 집중할 수 있는 준비 단계를 마치면 감은 두 눈을 통해 미지의 세계를 응시합니다. 이완과 호흡, 눈을 감아야만 볼 수 있는 미지의 곳을 바라봄으로써 내면 여행이 시작됩니다.

여행의 시작을 알리는 빛들이 나를 환영해주었습니다. 잔잔한 호수에 물방울 하나가 동심원으로 퍼져나가듯 그 빛들은 점점 확장되어 내 의식을 다른 차원으로 이동시켜주었습니다. 이내 감은 내 눈앞에 수많은 차원을 이동시키는 듯한 현상들이 나를 통과하는 느낌과 하나가 되어봅니다 (가장 유사하게 표현해본다면, 감은 눈앞에 손을 흔들어보는 것입니다).

빛과 함께 수차례 그런 현상들을 통과하다 보면 터널의 끝에 다다른 듯한 느낌이 전해져옵니다. 신성한 에너지가 내 안으로 흡수되고 다시 내면에서 확장되는 느낌입니다. 이윽고 빛의 입자들이 퍼져나가는 파동을 보게 됩니다. 보라색과 푸른색 입자들이 수축과 팽창을 반복하며 나와 하나가 됩니다. 그 아름다움에 매료되어 자연스럽게 몸도 생각도 호흡도 사라집니다. 어느덧 나는 그 빛과 하나가 되어 나의 에너지를 느낍니다. 몸도, 마음도, 생각도 아닌 에너지장 안에서 따뜻한 휴식을 취합니다. 그 안에 오래 머물러 있다 보면 신성한 에너지가 나를 샤워해주는 듯한 느낌이 듭니다. 그렇게 내 안에서 '에너지샤워'가 이루어집니다.

이 느낌을 간직한 채 명상을 끝내고 잠이 들었습니다(이후 명상을 하고부터는 짧은 시간이어도 깊이 숙면하기 시작했고, 새벽 3시 정도가 되면 저절로 눈이 떠졌습니다).

에너지샤워로 체험한 '앎'의 순간

나의 잠을 깨운 것은 내 안에서 '펑' 하고 터지는 듯한 소리였습니다. 깜짝 놀라 눈이 번쩍 떠졌습니다. 가슴에서 에너지가 터지는 듯한 느낌이었어요. '방금 무슨 일이 일어난 거지?' 내 몸 구석구석을 살폈습니다. 다행히도 내 몸은 그대로였습니다.

새벽녘 물 한 잔을 마시고 침대에 누웠습니다. 너무나 맑은 정신이어서 다시 잠들지 않고 명상을 시작했습니다. 잠과 경계선에 있는 듯한 느낌 속에서 눈앞에 펼쳐지는 블랙홀을 보게 되었습니다. 평상시와 다른 명상 상태에서 떨리는 호흡을 알아차리고 긴장된 몸을 반복적으로 이완시켰습니다. 호흡과 몸이 아닌 오로지 에너지로만 존재하는 느낌이었습니다. 눈앞에 펼쳐지는 에너지 파장이 아닌, 가슴과 이마, 정수리에서 에너지가 뿜어져 나오기 시작했습니다. 그리고 블랙홀 같은 곳으로 빨려들어가는 느낌이 들었습니다. 이내 두려움이 올라오는 것을 알아차리고 이 감정에서 벗어나기 위해 주문처럼 '나는 내 의식의 주인이다!'를 반복적으로 외쳤습니다.

그냥 눈을 뜰까 하는 생각이 들 때쯤 더 기다리라는 누군가의 음성이 들려왔습니다. 내면의 울림 같은 그 음성은 따뜻했고 개구쟁이 같기도 했습니다. 순간 두려움은 사라졌습니다.

블랙홀을 통과해 나오자 세상의 온갖 색들을 모아놓은 듯한 아름다운 광경이 펼쳐졌습니다. 어린 영혼들이 머무는 듯한 공간이 주는 순수한 느낌에 내 안의 부정적인 감정이 싹 사라지는 기분이었습니다.

그 공간을 지나 다다른 곳은 하늘 높이 수많은 모니터가 펼쳐져 있는 곳이었습니다. 그곳에서 나는 빛으로 존재하고 있었고, 유머 있고 따뜻한 안내자가 내 곁에 함께 있었습니다. 우주까지 펼쳐진 모니터들을 이미 알고 있었다는 듯 나는 그것들을 익숙하게 바라보고 있었지요. 각각의 모니터에는 순간의 감정과 느낌, 깨달음들이 기록되어 있었습니다. 그리고 모니터마다 각기 다른 빛을 내고 있었습니다.

이윽고 나를 안내해주는 존재를 통해 한 가지 질문을 받았습니다. 그 질문이 명확히 기억나진 않지만, 내가 해야 할 일이 있다는 것을 모니터를 열람하고 나서 암시적으로 알게 되었습니다. 질문과 동시에 한 모니터에서 빛과 함께 한 권의 책이 나타났습니다. 책에는 어떤 내용도 담겨 있지 않았습니다. 아, 내 이야기를 담아야 하는구나! 찰나의 깨달음이 지나는 순간, 책은 영롱한 황금색을 내뿜으며 빛나기 시작했습니다.

이 과정을 통해 내가 해야 할 일들이 무의식 속에 저장되었습니다. 이윽고 번개처럼 하나의 앎이 찾아왔습니다. 우주 끝까지 펼쳐져 있는 모니터들이 실은 나를 이루고 있는 세포들이었다는 것이지요. 알아차림의 순간, 우주의 모든 공간과 모니터가 내 안으로 빨려 들어오는 느낌을 받았습니다.

그 찰나의 순간으로 얻은 깨달음들이 있습니다. 우리 삶에서 느끼는 모든 것은 세포에 저장된다는 것, 그리고 우리를 안내해주는 내면의 안내자가 있다는 것이지요. 나는 그 모니터 안에서 살아 움직이는 상황과 감정들, 그 순간의 기억들로 무엇을 담아내고 있는지 보고 느꼈습니다. 이를테면 나의 어린 시절입니다. 나에겐 남동생이 있습니다. 나와 놀고 싶어 쫓아다니지만 나는 귀찮아하며 피하기 일쑤였지요. 한참을 놀다 집으로 돌아가려는 순간, 남동생이 나를 보더니 길바닥에 주저앉아 목놓아 울기 시작했습니다. 당황해하는 내게 동생은 누나랑 놀고 싶어서 온종일 찾아다녔다고 했어요. 하지만 나는 동생을 달래주지 않았습니다. 왜 나만 동생을 돌봐야 하는지, 그 순간에도 '첫째 콤플렉스'가 작동했습니다. 그때 나의 감정은 억울함과 짜증스러움, 귀찮음이었습니다. 남동생의 마음엔 그리움과 외로움, 누나를 찾아다녔던 순간의 감정이 남아 있었습니다.

모든 것은 내가 창조한 현실이다

지나고 나서야 알게 되는 기억들이 있습니다. 일상처럼 겪은 모든 기억과 감정이 그렇게 모니터 안에 저장되어 있다가 어느 날 문득 툭 떠오릅니다. 여기서 내가 알게 된 것은 모니터 안에 나의 감정만 저장된 것이 아니라는 것. 동생이 느꼈던 감정까지 고스란히 내 모니터에 저장되어 있다는 사실이었습니다. 내 기억만이 아니라 나와 함께한 모든 사람의 감정 에너지까지 함께 저장된다는 것을 알았습니다. 내 모니터에 남동생의 감정 또한 저장되어 있음을 안 순간, 나를 통해 나간 말들은 내가 책임져야 한다는 사실을 자각하게 되었습니다. 내가 창조한 현실은 모두 나의 책임이라는 것이지요. 상대에게 말한 모든 것이 상대가 아니라 나의 세포에 저장됩니다. 상대가 느끼는 모든 감정과 느낌까지도 나의 세포에 저장됩니다. 상대에게 하는 말의 의도는 결국 나에게 영향을 준다는 것을 알 수 있었습니다. 그리고 각각의 모니터들이 내보내는 빛의 밝기가 다르다는 것을 발견했습니다.

이 앎을 말로 표현한다는 것이 절대적으로 부족함을 느낍니다. 갖가지 감정들에 색을 부여하고 모니터마다 색을 가지고 있다고 상상해보세요. 나와 내 동생의 한 장면에서 서로 느낀 감정은 모니터에 검은색으로 담겨 있습니다. 그런 모니터들이 우주 끝까지 펼쳐져 있습니다. 하지만 그것은 내 몸 밖에 있는 모니터가 아니라 모두 내 세포인 것입니다. 세포는 모든 것을 낱낱이 기억하고 있습니다. 그 검은색의 세포는 나에게 가슴 아픈 기억이 되고, 그 색이 퍼지면 우리에게 질병으로 다가옵니다. 우울감으로 다가오며, 불안함과 조바심으로 표현되는 것이지요. 관계에서 문제가 발생하며 삶에서 어려움을 겪게 됩니다. 하지만 밝은색으로 표현된 모니터의 세포가 많다면 그 사람에게선 밝은 에너지가 풍겨나옵니다. 내가 나누어주는 밝은 에너지만큼 상대 또한 열린 가슴이 되어 함께 동화됩니다. 그리고 그 빛은 더욱 확장됩니다.

밝은 에너지를 가진 사람이 어두운 에너지를 가진 사람을 만났을 경우에는 어떨까요? 진심의 크기만큼 어두운 에너지가 밝은 에너지로 변할 수 있도록 행동을 유도하는 힘이 생깁니다. 이 파장은 확장되어 빛은 더욱 광명해지지요. 밝은색의 세포들은 길을 더 밝혀주어 내가 무엇을 해야 하고 어디로 가야 하는지 알려줍니다. 지금 나는 나의 세포를 어떻게 구성하고 있는지 자각해야 할 이유입니다. 그렇다면 나의 감정을 무시하고 억지로라도 밝은색을 채우는 것이 좋을까요? 이 세상 모든 사람을 속일 수 있어도 단 한 사람, 자신을 속일 수는 없습니다. 억지로 밝은 빛을 내고자 하는 시도로는 절대로 빛을 낼 수가 없는 것이지요.

세포를 정화시키는 명상의 힘

스스로 빛나는 사람이 되기 위해 나의 세포들을 보살펴주는 영적인 방법이 명상입니다. 우리는 수많은 사람들과 관계를 맺으며 살아갑니다. 그 모든 것들이 우리의 세포를 이루어갑니다. 내가 단단하지 않으면 다른 이들의 영향으로 나의 색이 채색될 수도 있는 것이지요. 하지만 명상을 꾸준히 한다면 본래 나의 색을 찾을 수 있습니다.

에너지샤워를 통해 세포를 정화시킬 수도 있습니다. 에너지샤워는 부정적인 관념과 생각들로 막혀 있는 에너지 통로를 깨끗하게 비워주는 잠재의식의 정화 과정이라고 할 수 있습니다.

잠시 생각해봅시다.

- 내 안의 세포들은 어떻게 구성되어 있는가?
- 어떤 색들이 더 많은가?
- 지금 어떤 영향을 받고 있는가?
- 지금 나는 내 세포를 얼마나 돌보고 있는가?

나의 몸과 세포들이 꾸준한 명상을 통해 마음을 바라봄으로써 찬란한 빛이 되어간다고 상상해보세요. 당신은 누구보다 밝게 빛나며, 다른 이들에게 빛이 되어주는 존재로 성장해나갈 것입니다. 에너지 샤워를 위한 명상으로 밝은 세포를 넓혀나감으로써 스스로 빛날 수 있도록 자신만의 시간을 허락하세요.

에너지샤워 명상

누구에게나 우주의 조력자가 있다

블랙홀 안에 있던 나는 내면에서 나를 향해 얘기하는 안내자의 도움으로 명상을 계속할 수 있었습니다. 이 경험을 통해 깨달은 또 한 가지는 누구에게나 우주의 조력자가 있다는 것입니다. 비록 현실에선 아무것도 가진 게 없을지라도, 세상 모두를 가진 듯한 든든한 조력자의 존재를 경험할 수 있다는 것을 깨달았지요. 우주의 모든 만물이 나를 도와주고 있는 듯한 느낌 안에서 나는 기쁨으로 가득 차 있었습니다. 하지만 일상으로 돌아온 뒤 기쁨으로 충만했던 느낌은 오래 가지 않았습니다.

어떻게 된 영문일까. 오래된 기억들이 하나하나 소환된 듯 떠오르더니 틀어놓은 수도꼭지처럼 하염없이 눈물이 흘렀습니다. 지난날 나의 잘못이 하나하나 떠오르자 급기야 가슴을 치며 울기 시작했습니다. 나를 통해 나간 대화 속에서 내가 상대를 어떻게 대하는지 그 마음이 낱낱이 벗겨지는 듯했습니다. 내 생각과 틀에 맞춰 사는 삶이 옳다고 고집스럽게 외쳤지만, 그 숨은 본질은 욕망과 독단으로 가득 찬 흙탕물이라는 것을 알게 되었습니다. 평온한 줄 알았던 마음에 영혼의 비가 내리자 가라앉아 있었던 흙들이 올라와 온통 어수선한 흙탕물이 되었습니다. 가슴이 찢어지는 듯한 통증과 함께 끝도 없이 참회의 눈물이 흘렀습니다. 용서를 구하며 침묵하는 시간을 가졌습니다.

그렇게 폭풍이 지나가는 듯한 감정과 용서와 침묵을 반복하며 며칠이 흘렀습니다. 무작정 걷고 싶다는 생각에 밖으로 나갔습니다. 그리고 전보다 더 힘든 고통의 시간이 나를 기다리고 있었습니다. 지나가는 사람들의 아픔이 내게 고스란히 전달되었던 것입니다. 그 아픔은 그들의 상처가 아니었어요. 영혼의 사랑이 꽃피지도 못하고 마음 안에 갇혀 있는 그들의 무지가 나를 슬프고 고통스럽게 만드는 것 같았습니다.

나의 무지했던 시간도 함께 지나가고 있었습니다. 그 영혼들의 아름다운 기다림이 나의 가슴을 더욱 파고들었습니다. 누군가와 눈이 마주칠 때마다 그 마음이 내 안으로 더욱 깊게 전달되었습니다. 손자에게 훈계하는 할머니와 눈이 마주치자 어르신이 어떤 삶을 살았는지 느껴졌고, 마음의 무거운 짐들이 고스란히 전해지는 것 같았습니다. 걸음을 멈추고 그 자리에서 눈물을 흘리는 날들이 늘어만 갔습니다.

나에게 정화 과정이 일어나고 있음을 당시는 알지 못했습니다.

의식성장 과정에 나타나는 영적 체험

우리는 두 가지 세상을 바라보며 삽니다. 눈을 떠서 보는 외부세상과 눈을 감고 보는 내면세상이 그것입니다. 하지만 내면세상을 어떻게 바라보는지도 모른 채 대부분 외부세상만 보며 살아갑니다. 이 두 세상을 조화롭게 바라보는 방법을 터득한다면, 당신은 신의 사랑과 지혜 그리고 능력을 펼칠 수 있는 현실을 사랑하게 될 것입니다.

당신이 내적 탐구를 위해 명상을 꾸준히 진행한다면, 외부와 내면의 조화를 이루어나가는 과정에서 저항에 부딪히기도 하고, 때론 특별한 체험을 경험하기도 할 것입니다. 이때 당신이 해야 할 일은 믿음과 확신, 사랑을 담아 모든 저항과 체험을 두려움 없이 받아들이겠다고 다짐하는 것입니다.

나의 모든 감정을 있는 그대로 허용하는 것, 이것이 의식을 성장시킬 수 있는 마음의 자세입니다. 일상과 영성의 조화가 필요한 이유는 있는 그대로의 나를 온전히 사랑하기 위해서이지요. 감정은 의식 상태를 체크할 수 있는 중요한 도구입니다. 감정을 허용하고 정화하는 것이 의식성장에 꼭 필요한 이유입니다. 내 세포 하나하나가 기억하고 있는 나의 감정 체계를 허용하고 정화하는 것은 외부의 시선을 내면으로 돌리는 첫걸음입니다.

눈을 감고 마음을 바라보라

명상을 하기 위해 눈을 감으면 많은 생각들이 올라옵니다. 명상을 시작한 많은 사람들은 자신이 지금 잘하고 있는 건지 도무지 모르겠다고 합니다. 이러한 생각이 드는 것은 당연하지만, 여기에서 한 가지 놓치고 있는 것이 있습니다. 바로 당신에게 영적 체험이 시작되었다는 사실이지요.

명상가들에게서 공통적으로 듣게 되는 말들이 있습니다. 아름다운 빛의 파장과 지복감(至福感, 더할 나위 없는 행복의 느낌)의 환희를 경험했다는 이야기이지요. 이는 누구나 경험할 수 있는 우리들만의 특권입니다. 다만 특권을 누릴 방법을 아는 사람과 모르는 사람이 있을 뿐입니다.

당신이 눈을 감을 수만 있다면 방법을 아는 사람에 속합니다. 천천히 호흡하며 두 눈을 감은 당신은 무엇이 보이나요? 두 눈을 감은 채 정면을 응시했을 때 아무 빛도, 색도 보이지 않는다면 당신은 아직 알아차리지 못한 것입니다. 눈을 감은 상태에서 정면을 응시하면 검은색이 보입니다. 당신이 무심히 지나쳐버린 그 검은색이 바로 '마음'입니다. 당신은 눈을 감은 상태에서 마음을 바라본 것입니다.

검은색을 발견한 당신께 축하를 보냅니다. 내적 탐구를 위한 내면의 눈이 떠진 것이기 때문입니다. 그 눈은 당신 안에 존재하는 근원의 에너지에 다다를 수 있도록 빛을 밝혀주는 안내자 역할을 하게 됩니다. 안내자를 통해 당신은 치유와 함께 새로운 에너지를 받을 수 있는 힘을 얻을 것입니다.

생각이 올라오는 것은 우리 세포에 기록된 모든 것들(잠재의식)이 수면 위로 떠오르는 자연스러운 현상입니다. 생각을 바라보고 싶다면, 감은 두 눈 앞에 펼쳐진 검은색(마음)의 허공 속 공간을 바라보며 호흡에 집중합니다. 생각에 끌려가느라 바라본다는 사실을 놓치면 다시 눈앞의 검은색을 바라보며 호흡에 집중하는 것을 반복합니다.

- 이마에 강한 진동을 느끼며, 내면의 눈이 떠졌음을 알리는 신호를 알아차린다 (평상시 느끼지 못했던 체험으로 내적 탐구에 대한 욕구가 일어난다).
- 몸이 붕 뜨는 듯한 느낌과 함께 몸이 사라지고 공간과 하나가 된 듯한 상태를 경험한다 (에너지체가 되어 자신을 둘러싼 에테르체를 느끼는 것이다).
- 세포 하나하나에서 짜릿한 느낌과 함께 온몸에 전율과 전기가 흐르는 듯한 느낌을 경험한다.
- 에너지샤워 명상을 하면서 마음의 파장이 무너지며 숨어 있던 감정이 분출하는 저항 단계가 온다.
- 영혼의 자리가 점점 확장되면서, 의식성장과 함께 밝은 빛들을 보는 경험이 시작된다.
- 영사기를 돌리는 것처럼 다양한 장면들이 보여진다 (자연, 동물, 종교적인 영상, 지구, 어린아이 등). 이는 정화 과정 중 자연스럽게 겪는 체험이다.

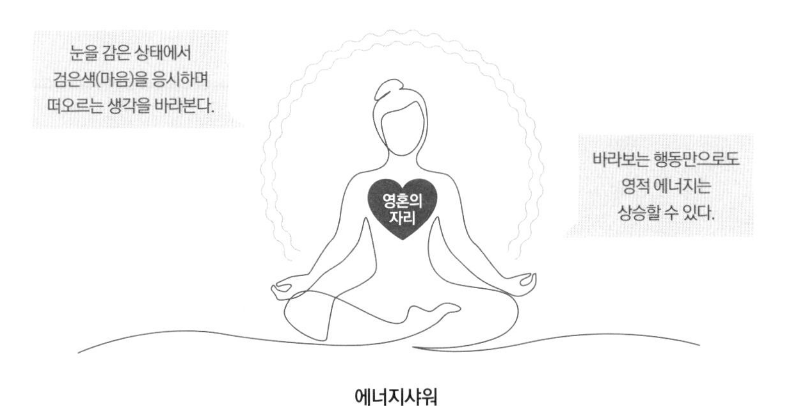

에너지샤워

영혼의 자리에서 영적 에너지를 확장시킴으로써 마음 샤워를 해주는 것이 에너지샤워이다.

명상 중 나타나는 다양한 영적 체험들

이제 당신은 내적 안내자와 함께할 준비가 되었습니다. 의식성장이 시작된 당신에겐 일상과 영성의 조화에 대한 이해가 필요합니다. 이 책을 통해 제시한 솔루션을 진행하고 명상을 지속한다면 당신은 다음과 같은 체험들을 하게 될 것입니다.

의식성장과 함께 명상하며 일어나는 반응들

- 잠을 자다가 떨어지는 듯한 느낌으로 눈을 뜬다 (영혼의 파장이 마음 파장을 건드리며 허물 때 자다가 움찔하는 것을 경험한다).
- 새벽에 자주 깬다.
- 명상 중에 다양한 빛들을 본다.
- 명상 중에 몸 안과 밖의 에너지를 느끼는 경험을 한다.
- 자연과 함께하고 싶은 욕구를 느낀다.
- 평온함과 저항의 파도를 타게 되는 감정들이 나타난다.
- 평소 생각하지 못했던 옛 기억들이 떠오르며 감정을 쏟아낸다. 꿈에 대해 예민해지며, 기억에 남는 특별한 꿈을 꾼다.
- 평상시 힘들다고 생각했던 것들이 부질없어 보인다.
- 순간을 자각하며, 감사함을 느끼는 마음의 여유가 생긴다.
- 영적 성장을 도와주는 새로운 인연을 만난다.
- 명상 중 이마에 진동을 느끼는 경험을 한다.
- 새로운 일들에 흥미를 느끼기 시작한다.
- 보이지 않는 세상에 대한 궁금증이 생긴다.
- 특별한 이유 없이 감정 변화를 느끼고 눈물을 흘린다.

- 바쁜 일상 속에서 느리게 흐르는 듯한 순간들을 경험한다.
- 명상 중 누군가 내 이마의 중심을 잡아당기는 느낌을 경험한다.
- 명상 중 신체의 일부가 내 의지와 상관없이 움직인다.
- 명상 중 몸을 둘러싼 에너지체를 느낀다.
- 명상 중 몸통 중심으로 회음혈에서부터 정수리까지 올라 뻗치는 에너지를 경험한다.
- 자각몽을 꾼다.

영적으로 특별히 예민성을 지닌 사람들은 더 다양하고 깊은 영적 체험을 하기도 합니다. 그들은 정화 과정 속에서 나오는 삶의 반응보다 영적 체험이 더 빠르게 진행됩니다. 영적 성장이 빠른 사람들만의 특별한 공통점이 있는데, 시련이 닥쳤을 때 누군가를 원망하는 대신 자신의 내면으로 시선을 돌린다는 것입니다.

의식 단계에 맞는 더 깊은 영적 체험들은 앞으로 제시하는 솔루션 단계에 맞춰 설명할 예정입니다.

마음을 알아차리는 최고의 훈련 도구, 감정

내가 한참 내적 탐구에 집중해 있을 때, 일상의 모든 것이 성장 도구가 되어주었습니다. 명상하며 느끼는 지복감과 일상 사이에는 큰 괴리감이 있었습니다. 명상을 할 때는 자신감이 넘치고 평온한데, 현실로 돌아오면 그렇지 않았지요. 아이들은 소리 지르며 싸웠고, 직장 상사의 행동도 명상 속 모습과 달랐으며, 경제적 상황도 괴리감을 주는 큰 요인이었습니다. 내 뜻대로 안 되는 마음, 조급한 마음, 이루고자 하는 마음, 그 모든 것들이 내면과 외부의 괴리감을 느끼게 한 것입니다.

눈에 보이지 않는 마음을 우리는 무엇으로 확인할 수 있을까요? 나무도 들판도 없는 드넓은 땅 위에 바람이 불고 있다고 상상해보세요. 바람을 볼 수 있는 방법은 없습니다. 하지만 흔들리는 나뭇가지와 들판의 출렁임을 보며 우리는 바람이 부는 것을 압니다. 피부에 와닿는 감각으로도 바람을 알 수 있습니다.

우리의 마음도 마찬가지입니다. 감정은 나뭇가지와 들판과도 같습니다. 보이지 않는 마음을 알아차릴 수 있도록 도와주는 것이 감정입니다. 자신도 인식하지 못했던 마음을 보고 싶다면 흔들리는 감정을 알아차려야 합니다. 감정이 일어날 때 마음을 체크할 수 있는 내력(內力)을 길러야 하는 것입니다. 바람이 불어 나뭇가지가 흔들리듯, 감정이 흔들릴 때마다 내면에서 바람이 불고 있다는 것을 자각해야 합니다. 이때 그 바람과도 같은 마음을 피하지 마세요. 밀려오는 불안과 두려움을 피해 달아나지 마세요. 마음을 회피하면 어떠한 성장도 일어나지 않습니다.

드넓은 세상에 나아가 흔들리는 감정들을 확인하여 마음을 관찰할 수 있도록 성장시키는 곳이 바로 우리들의 일상입니다. 그렇게 일상은 성장 도구가 되어줍니다. 일상을 통해 올라오는 감정을 바라보며 마음을 알아차리는 꾸준한 훈련이 필요합니다. 이 훈련을 통해 내면으로부터 오는 신호를 알아차릴 수 있으며, 직관의 힘이 발달하여 가슴(영혼)으로 사는 삶을 살아갈 수 있게 됩니다.

마음은 감정이라는 옷을 입고 우리에게 말을 걸어옵니다. 마음을 알아차리는 최고의 훈련 장소는 일상의 모든 순간이며, 최고의 훈련 도구는 감정입니다. 그렇게 우리는 스스로 감정을 조절할 수 있는 의식 상태를 훈련해야 합니다.

감정을 조절하는 간단한 훈련 방법을 소개해보겠습니다.

우리가 느끼는 모든 감정은 부정적이든 긍정적이든 모두 소중한 내 안의 신호들입니다. 그 소중한 감정들을 하나의 인격으로 대하는 것입니다. 감정을 인정해주는 훈련을 통해 자책하거나 비판하는 행동이 줄어드는 것을 경험할 것입니다.

의식성장 솔루션

감정에 이름을 붙여주는 감정인격 훈련법

- 일상에서 느끼는 감정들에 이름을 붙여준다.
- 이름을 붙인 감정에게 글로 표현하거나 혼잣말을 하여 인격으로 대해준다.
- 올라온 감정을 인정하고 포옹해준다.
- 내가 채우고 싶은 감정들을 선택하여 깊은 호흡과 함께 잠재의식에 씨앗을 심는다.

〈참고〉 감정에 이름을 붙이는 인격체

화난둥이/분노둥이/열받아버림이/복잡이/시끄럼쟁이/정신사나운/소란쟁이/비참허이/민망둥이/창피스럼이/따분이/슬픔이/분함이/억울함이/서글픔이 등등

여유로움이/간절함이/소망둥이/바라는맘이/포근함이/행복이/사랑스럼이/긍정둥이/축복이/기쁨이/짜릿함이/가슴벅참이/용기불끈이/힘이솟음이/행복이/가슴뭉클이/감동이 등등

사례 예시 1

민망둥아, 창피스러움아, 끈기 있게 하지 않은 것이 수치스러워 헬스장에 신발도 찾으러 가기 싫었지. 그런데 소울샘 덕분에 용기불끈이가 너에게 다가가 손을 잡아주어서 다시 그곳의 문을 두드리게 되었네. 너의 다른 손에 끈기둥이가 손을 잡고 있단다. 이번엔 너 혼자가 아니니 우리 파이팅하자.

사례 예시 2

오늘 조금 늦게 일어난 첫째를 재촉하지 않고 아침도 먹이고 영상도 보다 보니 벌써 10시가 다 되어간다. 갑자기 조급이가 올라온다. 조급아, 마감 시간처럼 심장을 뛰게 하며 아이를 재촉하는구나. 빨리 하라고 첫째를 다그치니 아이가 미안하다고 사과해서 오히려 내가 더 미안해졌네.

여기는 회사가 아니야. 마감 시간도 아니야. 괜찮아, 원장 선생님이 늦었다고 해도 괜찮아. 숨을 한 번 내쉬고 손을 놓아보고, 이완이가 몸을 좀 풀어줄 거야. 조금씩 조금씩 바라보고 놓는 연습을 해보면 점점 나아질 거야. 잘하고 있어, 파이팅!

의식성장의 가장 좋은 방법은 '과거와 다른 행동'이다

일상의 작은 것 하나도 훈련 도구가 되어주던 2018년 어느 날, 나는 길에서 쪼그려 앉아 껌을 파는 할머니를 보았습니다. 내 앞에 걸어가던 외국인 두 명이 현금을 꺼내 할머니에게 주었습니다. 할머니가 껌을 건네자 두 외국인은 따뜻하게 웃으며 괜찮다고 했습니다. 연신 고맙다고 인사하는 할머니를 보며 난 슬그머니 주머니에 손을 넣고 내가 가지고 있는 지폐의 단위를 확인했습니다. '나에게 얼마가 있지? 천 원이 있던가? 이런, 5만 원이잖아.' 내 주머니에는 오후에 사용하려던 5만 원짜리 한 장이 있었습니다. 나에게 5만 원은 큰 돈이었어요. 돈의 액수에 흔들리는 마음의 요동만큼 할머니와의 거리는 점점 멀어져갔습니다.

집으로 돌아오는 내내 마음이 무거웠습니다. 그날 밤 무거운 마음의 원인을 찾기 위해 자리에 누워 스스로에게 질문했습니다. 내 마음이 무거운 이유가 무엇일까? 이 미묘한 감정은 나에게 무엇을 알려주고 싶었던 것일까? 나는 왜 5만 원을 선뜻 건네주지 못했을까? 외국인의 행동이 나의 어떤 부분을 자극했기에 내 기억 속에 이렇게 각인되었을까? 이 많은 질문을 던진 것을 보니 분명 내가 알아야 할 배움과 변화를 위한 원인이 있을 거라 확신했습니다.

나는 원인을 찾겠다는 분명한 의도로 질문하고 명상하기 시작했습니다. 눈을 감고 낮에 있었던 상황에서 내가 어떤 행동을 하고 싶었는지 그려보았습니다. 내 앞에 외국인 두 명이 지나가고 나는 다시 주머니 속의 지폐를 만지고 있는 모습이었습니다. 정말로 내가 하고 싶었던 행동이 어떤 것이었는지 상상 속 흐름에 맡겨보았습니다. 나는 할머니 앞으로 다가가 내 주머니 속에 있는 지폐를 당당히 꺼내 건네주며 밝게 웃어 보이고 싶어 했습니다. '제가 가진 것이 어르신에게 필요한 것 같아요.' 나는 5만 원에 흔들리지 않는 풍요로움을 원했습니다. 내가 가진 것을 나누고 싶어 하는 연민을 원했습니다. 두려움 없는 행동을 원했습니다. 동정이 아닌 진정한 봉사의 의미를 알고 싶어 했습니다.

나에게 부족한 것들로는 다른 이들에게 도움을 줄 수 없다는 것을 깨달았습니다. 나누고 싶어 하는 만큼 내 경제적 능력이 향상되길 원한다는 것 또한 알게 되었지요. 누군가에게 도움을 주는 삶이 나의 가슴을 뛰게 하는 것을 느꼈습니다.

명상 속에서 할머니의 손을 잡으며 깨달음을 주셔서 감사하다고 인사했습니다. 그리고 온 우주를 향해 말하듯 나를 성장시켜주어 감사하다고 전했습니다.

'제 결핍의 상태를 알아차리게 해주셔서 감사합니다. 나눈다는 건 가득 채워진다는 것을 알게 되었습니다. 제가 무엇을 원하는지 알게 해주셔서 감사합니다.' 그 감사의 느낌 안에 한참 동안 머물러 있었습니다. 나의 내면을 볼 수 있도록 도와주기 위해 그 외국인들의 행동이 가슴에 남은 것이었구나. 깨달음과 동시에 나눔이 영혼의 기쁨을 누리게 해준다는 것도 알았습니다.

내적인 알아차림은 치유와 정화의 에너지가 흐를 수 있도록 통로가 되어줍니다. 그 외국인들은 자신의 행동이 나에게 어떤 깨달음을 주었는지 알지 못합니다. 그럼에도 그들은 모든 것을 자연스럽게 나누고 있을 것입니다. 매 순간의 찰나들이 나의 스승임을 느낀 경험이었습니다. 깊은 명상으로 물질적 풍요도, 내적인 사랑도 여유로움으로 나누는 모습을 상상했습니다.

그렇게 명상을 마치고 잠이 들었습니다.

성장에 필요한 것은 행동과 실천

다음 날 나에게 깨달음을 증명할 수 있는 상황이 다가왔습니다. 약속이 있어 집을 나서며 현금을 챙기고 싶다는 강한 느낌을 받았습니다. 현금을 챙겨 약속 장소로 가던 중 공중화장실에 잠깐 들렀는데, 그곳에서 한 어르신이 눈에 들어왔습니다. 식당에서 사람들이 먹다 남은 음식물을 캐리어에 한가득 담아놓은 채 음식물을 물에 씻어 허기진 배를 채우고 계셨습니다. 화장실을 더럽힌다는 이유로 경찰을 부르겠다는 관계자와, 어르신을 피해 화장실을 드나드는 사람들이 눈에 띄었습니다.

어르신이 왜 그런 삶을 살게 되었는지 판단하지 않았습니다. 내 주머니엔 아침에 챙겨온 돈이 있었습니다. 나는 눈을 감고 지폐를 움켜쥔 채 간절한 마음으로 영혼을 담아 이야기했습니다. '사랑하는 나의 친구야, 너를 통해 풍요가 저분에게 갈 수 있어 고맙다. 나를 통해 저분에게 기쁨을 나눠주어 고맙다.' 그리고 어르신에게 다가가 주머니 속에 지폐를 넣어드렸습니다. 따뜻한 밥을 사 드시라고 말하며 건강을 축복하는 마음으로 어르신을 안아드렸습니다. 연신 고맙다고 인사하는 그분에게 감사함이 밀려왔습니다. '제가 더 감사합니다. 저를 치유해주셔서 감사합니다. 제가 무엇을 나누어야 하는지 알려주셔서 감사합니다.'

가슴속 메아리와 함께 나는 약속 장소로 향했습니다. 이동하는 거리에서 침묵하며 내 안에서 움직이는 감정들을 바라보았습니다. 어쩌면 일회성의 나눔이었을지 모르지만, 나의 성장을 위해 행동과 실천이 중요함을 알게 되었습니다.

나는 어르신을 동정하지 않았습니다. 그 어르신이 나에겐 온전한 영혼의 스승임을 알았기 때문입니다. 이 경험으로 나는 나눌 수 있는 능력에 대해 깊이 생각해보게 되었고, 나의 경제적인 두려움을 바라볼 수 있는 계기가 되었습니다. 첫째날과 둘째날 어르신들의 상황은 달랐지만, 도움을 줄 수 있는 나의 위치는 변하지 않았습니다. 하지만 행동으로 옮겼을 때와 그러지 못했을 때의 마음과 감정의 차이는 분명히 다름을 제대로 확인한 시간이었습니다.

두려워서 못한 게 아니라
행동하지 않아서 두려운 것이다

그렇게 나는 일상을 내적 성장의 훈련 도구로 삼아 반복하고 또 반복해서 나의 내면을 관찰했습니다. 시행착오로 좌절하기도 했고, 제자리걸음인 듯 답답함도 느꼈으며, 어느 순간엔 깨달음의 기쁨을 맛보기도 했습니다.

내적 탐구를 통해 깨달은 것이 있습니다. 일상에서 올라오는 감정을 도구로 내면을 관찰할 때 엄청난 성장을 가져온다는 것입니다. 또한 깨달은 것을 삶에서 행동으로 증명해야 의식이 온전한 성장을 이룰 수 있다는 것도 알게 되었습니다. 이 훈련이 반복되면 행동에 대한 두려움이 제거되고, 생각과 감정을 지배할 수 있는 높은 의식을 향하게 되는 것입니다.

마음이 아닌 깊은 영혼에서 우러나오는 생각과 말, 행동은 우리의 의식을 한층 더 높은 차원으로 성장시킵니다. 때로 그 안에서 일어나는 마음의 저항과 몸의 반응, 감정의 요동, 영적 체험들은 의식이 성장하며 일어나는 변성의식입니다. 변성의식을 거쳐 마음에서 영혼의 근원적 상태로 이동하는 것이 의식성장의 길입니다.

만약 당신이 살면서 두려움으로 이루지 못한 것들이 있다면 나는 이렇게 이야기하고 싶습니다. 행동하지 않아서 두려웠던 것이라고. 행동은 오히려 마음을 가볍게 해주는 힘을 가지고 있습니다. 이루지 못한 아쉬움이 마음을 무거운 상태로 만들어 후회를 안고 살아가게 합니다. 자신을 온전히 내던질 수 있는 용기는 두려움이 올라올 때 감사함을 느끼는 데서 시작됩니다.

당신은 영혼(근원적 사랑)을 만날 준비가 되어 있나요? 다음의 행동 체크리스트를 통해 나는 지금 마음으로 행동하는지, 영혼으로 행동하는지 확인해보세요.

당신은 마음이 아닌 영혼을 만날 준비가 되어 있는가?

행동 체크리스트

마음이 하는 행동 (에고적 마음 상태)

- 과거의 일을 꺼내어 반복적으로 상대에게 이야기한다.
- 마음은 게으른 상태를 추구한다.
- 오늘 해야 할 일을 다음으로 미룬다.
- 하는 일에 재미를 느끼지 못한다.
- 대화의 중심이 나 아닌 다른 사람들의 불만에 집중되어 있다.
- 문제가 생겼을 때 해결점보다 못하는 이유를 먼저 이야기한다.
- 계획을 세우지만 실천하는 것은 없다.
- 감정대로 움직인다.
- 몸이 아프다는 것을 고생했다고 착각한다.
- 난관에 부딪혔을 때, 할 수 없었던 핑계부터 찾기 시작한다.
- 다른 사람이 가진 것을 부러워한다.
- 살아가는 것이 고되고, 꿈은 사치라고 생각한다.

영혼이 하는 행동 (의식이 존재 중심의 삶)

- 생각이 끼어들기 전에 행동한다(이익을 따지기 전에 직감에 따라 행동).
- 성장과 도전에 대해 두려움이 아닌 감사함으로 임한다.
- 계획이 없어도 해야 할 일들을 따라가다 보면 다음 일이 주어진다(감사의 마음 상태여야 한다).
- 미루지 않고 그냥 한다.

- 인생 최고의 목표는 지금 내가 할 수 있는 것에 집중하는 것이다 (몰입력).
- 과거의 기억은 흐려지고, 미래를 불안해하지 않는다.
- 몸이 아프다는 것은 정신이 성장하고 있는 것이라고 생각한다.
- 인생의 난관에 부딪혔을 때, 내 능력을 제대로 발휘할 기회라고 여긴다.
- 내가 가지고 있는 것에 감사함을 느낀다.
- 살아 있어야만 느낄 수 있는 행동에 기쁨을 느낀다.
- 삶 자체가 기쁨이라는 것을 알고 있다.

나는 누구보다 마음의 행동을 하던 사람이었고, 늘 에고적 마음 상태로 살던 사람이었습니다. 누구보다 더 단단한 상태였음을 고백합니다. 누군가를 향한 원망은 반복 재생처럼 도돌이표였고, 구체적인 계획을 세웠지만 이룬 적은 없었습니다. 그리고 현실에 충실하게 놀기 바빴지요. 푸념하기 좋은 대상들과 만나 시간을 때우기 일쑤였고요. 껌을 팔고 있던 할머니를 향해 쉽사리 주머닛돈을 주지 못했던, 생각이 끼어들어 기회들을 놓쳤던 나였습니다.

하지만 분명히 말할 수 있는 것은, 마음이 아무리 단단해도 허물어질 수 있다는 것입니다. 그러니 자신을 절대로 포기하면 안 됩니다. '나에게도 변화들이 찾아올까?' 한 걸음씩 해보자는 의식으로 꾸준히 내적 탐구와 명상을 실천해보세요.

명상하지 않아도 영혼이 가리키는 현명한 선택을 할 수 있는 방법을 여기 소개합니다. 다음의 질문은 내가 하는 모든 일의 중심이 되어주는 질문입니다. 이 질문은 선택의 기로에서 두려움이 아닌 용기와 믿음이 함께하고 있음을 느끼게 해줍니다. 가슴(영혼)으로부터 오는 행동은 혼자가 아닌 내면의 안내자가 함께하기에 감사와 용기를 얻게 됩니다. 선택을 해야 할 때, 그리고 두려운 감정이 올라올 때, 당신도 나처럼 다음과 같이 질문해보세요.

의식성장 솔루션

선택이 필요할 때 나에게 하는 질문법

- 마음에서 오는 생각(행동)인가? 영혼으로부터 나오는 생각(행동)인가?
- 내가 신성한 사랑이라면 무슨 생각을 하고, 지금 어떤 행동을 할 것인가?

나를 제3자로 인식하여 내 인생을 멀리서 바라보는 시선을 관찰자 입장이라 부릅니다. 우리가 여행을 가면 아름다운 풍경에 감탄하지만, 정작 그 안에 있는 사람들은 우리만큼 그 풍경을 만끽하지 못합니다. 여행자처럼 삶을 관찰자 입장에서 바라보세요. 마음에서 오는 생각과 행동은 삶의 불평과 불만족에 집중되어 원하는 것들만 바라게 됩니다. 삶의 아름다움을 만끽하지 못하는 것이지요. 하지만 영혼에서 나오는 생각과 행동은 삶을 여행하듯 즐기며 하나하나의 풍경들을 감탄하며 바라보게 합니다.

관찰자 입장이 되기 위해 위의 질문은 당신이 해야 할 모든 결정을 수월히 할 수 있게 도와줄 것입니다. 나는 이 질문으로 누군가에게 바라는 마음 상태가 사라지고 내가 무엇을 줄 수 있을지에 대해서만 생각하게 되었습니다. 삶을 여행하는 마음 상태가 되면 여유를 가질 수 있기 때문이지요. 일상을 통해 마음을 바라보는 이 작업은 지루하고도 힘든 작업이 될 수 있습니다. 마음대로 행동하는 다른 사람들로 인해 억울한 감정의 저항이 많이 올라오기 때문입니다.

때론 편안함을 추구하는 마음이 내적 성장을 가로막기도 합니다. 중력의 법칙과 비슷하게 마음대로 하고 싶은 이전으로 다시 돌아가려 하기 때문이지요. 그럴 때마다 올라오는 감정을 알아차려 마음을 바라보는 훈련을 반복해야 지금보다 멋진 삶을 맞이할 수 있습니다. 일상을 통해 마음과 의식의 차이를 알 수 있도록 꾸준히 훈련하여 당신 영혼의 길을 믿음으로 걸어가길 기원합니다.

영적 에너지를
상승시키는 명상

일상 속 의식성장을 위한 질문

- 건강한 몸을 위해 운동을 다짐한 당신이 내일부터 하자고 미룬다. 그럴 때 자신에게 질문한다.

  "마음에서 나오는 행동인가? 영혼(의식)에서 나오는 행동인가?"

  → 내적 존재는 일을 미루지 않는다. 행동으로 옮기기 이전에 마음이 틈을 비집고 들어와 당신을 게으르게 만드는 것이다.

- 내가 신성한 사랑이라면 무슨 생각을 하고, 지금 어떤 행동을 할 것인가?

  "나의 생각과 말과 행동은 마음에서 나오는 것인가? 사랑에서 나오는 것인가?"

  → 내적 존재는 자신을 과거에 가두지 않는다. 과거를 통해 자신이 무엇을 배워야 하는지 지혜와 성장에 집중한다.

- 다른 사람의 삶이 부러울 때 자신에게 질문한다.

  "이 부러운 마음은 어떤 의식 상태인가? 나에겐 어떤 행동이 필요한가?"

  → 누군가 부럽다는 것은 내가 가질 수 없다는 마음 상태이다. 행동하지 않겠다는 마음인 것이다. 그 마음은 나보다 못 가진 사람들을 통해 위로받으려 할 것이다. 나도 가질 수 있다는 의식 상태를 가지고 행동하면 기회들이 찾아온다는 것을 경험해보자.

스스로에게 질문을 던지고, 그 질문에 떠오르는 것을 '**그냥 하라!**'

오로지 그것뿐이다.

삶의 패턴을 알면
내면의 문제가 보인다

명상을 하며 인생을 전반적으로 돌아보기 시작할 무렵, 나는 인생에 전환점이 될 수 있는 한 가지 질문을 나에게 던졌습니다. 이 질문을 통해 현재 나의 초점이 불평불만에 있는지, 만족과 감사에 있는지 인식할 수 있는 계기가 되었습니다. 불평과 만족감의 차이를 알게 되면서 매 순간의 상황들이 터닝포인트가 될 수 있다는 것을 깨달았습니다. 그 질문은 이것입니다.

'오늘이 내 삶의 마지막 순간이라면,
무엇이 가장 후회가 되는가?'

후회가 되는 일들을 적다 보니 나에게 어떤 성장이 필요한지 보이기 시작했습니다. 또 내 삶에 비슷한 패턴이 있음을 발견했지요. 그 패턴을 깨니 또 다른 성장이 보이기 시작했습니다. 이렇게 삶의 패턴을 깨고, 변화된 나에게 끊임없이 같은 질문을 던지며 다음 단계의 성장에 맞는 다른 답들을 찾아냈습니다.

삶의 마지막 순간 가장 후회되는 첫 번째는 부모님을 용서하지 못한 것이었습니다. 부모님을 용서하지 못한다는 것은 부모님에게 잘못이 있다는 것인데, 이런 내 생각이 문제였음을 알게 되었지요. 아, 나는 오로지 받기만을 바라던 사람이었구나… 내 이기심을 성찰하는 순간, 부모를 원망했던 나를 이해하고 용서해야 한다는 것을 깨달았습니다. 또 하나의 후회는 도전 앞에서 포기했던 일입니다. 여러 가지 사업에 도전했음에도 성공하지 못한 것, 아니, 성공하기 위해 죽도록 노력해보지 않은 나 자신이 후회가 되었습니다.

이 질문의 답들이 나에게 어떤 성장이 필요한지 하나씩 알려주는 것 같았습니다. 명상을 하고 내면 안내자의 도움을 받아 가족에 대한 의미를 배웠고, 현실에서 가족과 부딪혔을 때 나에게 어떤 성장이 필요한지 하나씩 배워나갔습니다. 일상에서 나의 태도와 생각들을 새롭게 배우기 시작한 것입니다. 용서하는 법이 무엇인지 알기 위해 사랑하는 법을 배워야 했습니다. 그렇게 해야 후회 없는 삶을 살아갈 것이기 때문이지요.

한 가지 더! 나와 맞지 않는다고 그들을 내가 생각한 모습으로 변화시키려 노력할 필요가 없다는 것도 깨달았습니다. 그들의 삶의 경험을 내 틀에 맞춘다는 것은 경험으로 얻어지는 지혜를 뺏는 것과 같기 때문입니다. 그들의 삶을 온전히 축복하고 응원해주는 것이 가족을 원망했던 나를 용서할 수 있는 방법이었습니다. 가족에게 바라는 마음 없이 있는 그대로 이해하니 한결 마음이 가벼워졌습니다. 그렇게 한 걸음씩 성장을 향해 나아갔습니다.

사업에 성공하려면 내가 어떤 것을 노력해야 하는지 찾아보았습니다. 오로지 돈을 버는 것이 목적이다 보니, 돈이 벌리지 않을 때는 불안하고 힘들었습니다. 사업 결과가 나오기도 전에 지레 포기했던 것은 머리에서만 사업을 구상했기 때문임을 알아차렸습니다. 돈이 벌리지 않아도 사업을 유지할 수 있는 나만의 비전이 없었던 것이지요.

꾸준한 명상과 내적 탐구로 나를 알아가면서 깨달은 것이 있습니다. 내가 다른 사람의 삶에 도움을 주었을 때 내적 만족감이 크다는 것입니다. 그러다 보니 돈 되는 일이 아니더라도 진심으로 누군가를 도와주는 일들이 많아졌습니다. 가슴 벅찬 일들을 하며 내 마음에 열정이 일어나기 시작한 것입니다. 머리로 시작한 일에는 돈에 대한 집착이 생기지만, 가슴으로 시작한 일에는 열정이 생겨 인내와 끈기까지 알게 해줍니다.

인생의 전환점이 될 질문

질문을 통해 삶의 패턴을 발견했고, 이 패턴을 깨는 첫 번째 단계는 내면의 문제를 인식하는 것임을 알았습니다. 문제점을 인식했다면 자신을 인정하는 단계를 거쳐야 합니다. 내가 얼마나 이기적인 사람인지 인정하니 비로소 내가 했던 변명들이 보였습니다. 내 뜻대로 하기 위해 온갖 변명을 늘어놓으며 내가 옳다는 것을 인정받으려 했던 내가 보였습니다. 내 문제를 인정하는 것이 내겐 상당히 힘든 작업이었습니다. 나를 한없이 낮추는 하심(下心)으로 돌아가야 했기 때문입니다. 힘들었지만, 지금보다 더 나은 나로 성장하기 위해 말과 행동으로 내 잘못을 인정하는 하심을 실천했습니다.

아는 것을 행동으로 옮기기 위해 우리는 이곳에 존재한다는 것을 명심해야 합니다. 질문하고, 인식하고, 인정했지만, 그것이 생각에서 멈춘다면 당신은 지금 삶의 패턴에서 절대 벗어날 수 없습니다.

다음 질문을 통해 인생의 전환점이 되게 해줄 근본 질문에 대한 답을 해보세요. 그 답을 통해 알게 된 당신 삶에 깔려 있는 부정적 패턴들을 변화시키는 방법을 차근차근 익혀나가시길 바랍니다.

의식성장 솔루션

삶의 패턴을 알아차리고 변화시키는 질문

1. 오늘은 당신의 마지막 날입니다. 인생을 돌아보니 어떤 삶을 살았나요?

2. 삶의 마지막 순간, 당신은 무엇이 가장 후회가 되나요?

3. 당신에게 새로운 삶이 선물처럼 주어진다면 어떻게 살고 싶나요?

질문 실제 사례

질문 1. **오늘은 당신의 마지막 날입니다. 인생을 돌아보며 나는 어떤 삶을 살았는지 작성해봅니다.**

나는 항상 무언가 시작할 때 '실패하면 어쩌지?'는 부정적인 결과에 대한 두려움이 앞섰습니다. 가족에 대한 원망도 뿌리 깊었구요. 회복하고자 노력했지만 내 뜻대로 되지 않을 때 항상 그들을 탓하고 원망했습니다. 돌아보니 꽤나 노력하며 살았던 인생 같습니다. 무언가 해보려 시도하고, 관계 회복에도 애를 쓰고… 인생에 굴곡이 많았던 삶을 산 것 같습니다.

질문 2. 삶의 마지막 순간, 당신은 무엇이 가장 후회가 되나요? (3가지 이상)

● 용기 내지 못한 것. 사람들 앞에 서는 것이 불편해서 나서질 못했습니다. 내가 좀 더 용기를 내서 하고 싶은 일을 했다면, 내가 아는 것을 알렸다면 더 많은 사람에게 도움이 되었을 수도 있을 텐데, 하는 아쉬움이 있습니다.

● 가족들에게 사랑한다고 더 많이 표현하지 못한 것. 좀 더 너그럽고 친절하게 반응해도 되었을 텐데, 쓸데없는 것들에 화를 냈던 모습들이 떠올라 마음이 아픕니다.

● 즐기지 못한 것. 여행도 다니고 자유롭게 즐기면서 재미있게 살 수 있었는데, 그런 것들을 놓치고 참 각박하게 살았다는 생각이 듭니다.

질문 3. 당신에게 삶이 다시 선물처럼 주어진다면 이제는 어떤 삶을 살고 싶은가요? (3가지 이상)

● 다 사람이 하는 일인데 두려울 게 뭐 있어! 이런 마음으로 두려움보다는 상황을 즐기는 삶을 살고 싶습니다.

● 사랑이 닳아 없어질 정도로 표현하며 살고 싶습니다. 원 없이 표현하고, 안 좋은 얘기보다 좋은 얘기를 많이 해서 내 삶을 행복한 기억으로 채우고 싶습니다.

● 다른 사람의 시선에 휘둘리지 않고 모든 순간을 즐기며 내 삶

을 살겠습니다. 하고 싶은 것들을 하면서 한 번뿐인 삶을 행복한 웃음으로 가득 채우고 싶습니다.

지난 시간, 가지고 있는 것에 대한 감사보다는 내게 부족한 것들에 시선을 고정한 채 껄떡대며 살았습니다. 시선이 다른 곳에 가 있으니 인생이 나에게 시련을 통해 기회를 준다는 것을 알지 못했습니다. 상황을 바라보는 인식을 바꿔야 한다는 것도 몰랐습니다.

내 인생의 흐름 속에서 그 상황이 필요했음을 알아차린 순간, 삶에 있어서 잘못된 선택도, 바르지 못한 길도 없었음을 비로소 깨달았습니다. 오로지 자신이 어떻게 상황을 바라보고 이끌어나갈 수 있는지, 의식만이 전부임을 알게 되었습니다.

우리는 모두 시한부의 인생을 살고 있습니다. 자신에게 주어진 한정된 시간을 감사한 마음으로 살아야 합니다. 당신은 후회 없이 멋진 삶을 살 자격이 있는 사람입니다. 당신은 자신의 잠재력과 내적인 무한사랑을 세상을 향해 충분히 펼칠 수 있는 사람입니다. 나를 옭아맨 지금 삶의 패턴을 변화시킬 수 있는 힘이 당신에게 있습니다. 이제 당신은 새로운 삶을 선물받았으니, 지금부터는 후회하는 마음을 남기지 않고 홀가분하게 살아갈 수 있길 사랑으로 응원합니다.

의식성장 솔루션

부정적 삶의 패턴을 변화시키는 방법

1. 자신의 삶을 돌아보고 어떤 이쉬운 마음이 남아 있는지 **인식**한다.
2. 인식했다면, 그 마음이 어디에서 왔는지 마음 깊은 곳을 바라보고 **인정**한다.
3. 인정했다면, 분명한 의도를 가지고 변하고자 하는 **의지**를 보여야 한다.
4. **행동**으로써 당신의 의지를 일상에서 증명한다.

삶의 패턴을 알아차리고 변화시키는 질문

1. 오늘은 당신의 마지막 날입니다. 인생을 돌아보니 어떤 삶을 살았나요?

2. 삶의 마지막 순간, 당신은 무엇이 가장 후회가 되나요?

3. 당신에게 새로운 삶이 선물처럼 주어진다면 어떻게 살고 싶나요?

삶의 패턴을 바꾸는 행동 지침

1. 어떤 삶을 살고 싶은지 목록을 작성한다.
2. 하나씩 행동하여 작은 성취감의 에너지를 맛본다.
3. 다시 이전으로 돌아가려 할 땐, 자신의 글을 읽으며 자기암시와 확언을 실천한다.

자기암시(확언) 예시

- 나는 내 삶의 주인이다.
- 나는 내 삶에서 모든 것을 이루어낸다.
- 나는 삶을 헛되이 보내지 않을 것이다.
- 나는 끝까지 한다.
- 나는 승리자이다.

※ 자신만의 확언과 자기암시를 눈에 띄는 곳에 적어두고 반복적으로 의식하는 훈련을 해보세요.

삶에 변화를
가져다주는 명상

관념박스를 허무니
놀라운 변화가 찾아왔다

누구나 살면서 오랫동안 정형화된 고정관념을 갖고 있습니다. 무의식적으로 형성된 이 관념들은 내 생각과 행동에 영향을 미치고 그 통제에서 벗어나지 못하게 합니다. 그래서 나를 가두고 있는 이 관념을 나는 '관념박스'라고 표현합니다.

'나의 관념박스 안에는 무엇이 들어 있을까?'

'관념박스를 허물면 어떤 변화가 올까?'

몇 년 전, 길을 가다가 한 스님이 멋진 고급 차에서 내리는 것을 본 적이 있습니다. 스님을 본 사람들이 수군대는 소리를 들었습니다. 무소유로 살아야 하는 스님이 고급 차를 타고 다닌다며 부정적인 말들을 쏟아내고 있었습니다.

그날 밤 남편에게 질문했습니다. "스님이 벤츠를 타고 다니는 것을 보면 당신은 어떤 느낌이 들 것 같아요?" 역시나 부정적인 답변이 돌아왔습니다. 사람들은 왜 그런 고정관념을 갖고 있는 걸까? 궁금증이 생겨 다시 질문했습니다. "스님이 티코(소형차)를 타고 다니는 건 올바른 건가요?" 남편의 대답이, 자신의 본분에서 크게 벗어나지 않았으니 그 정도는 이해가 간다는 것입니다.

당신은 어떤가요? 당신이 믿는 종교의 지도자가 물질적 풍요를 누리는 모습을 본다면 어떤 생각이 올라올까요? 당신이 어떤 관념을 가지고 있는지 들여다볼 수 있는 좋은 기회입니다. 부자와 가난을 상징할 수 있는 차에 대한 관념도 사람마다 다를 것입니다. 심리상담에는 당연히 돈을 지불해야 하지만, 영적인 깨달음을 안내하는 사람은 돈을 요구하지 않아야 한다는 관념도 있을 수 있습니다. 나 역시 이런 관념을 알아차린 경험이 있었습니다. 그 관념을 허물고 나서야 진정으로 내가 원하는 일을 찾을 수 있었습니다.

"저는 그런 거 못 해요!"

명상 안내자로 활동하면서 경제적인 부분은 오로지 남편이 책임지고 있었습니다. 남편은 회사생활을 하며 재테크로 주식을 했습니다. 남편이 투자한 금액에서 100%의 수익이 나고 있을 때였어요. 100% 수익이 나면 빼겠다던 남편은 더 오를 것 같다며 투자 금액을 그대로 유지했습니다. 그 행동은 '마음'으로부터 오는 것이니 처음 약속대로 빼는 게 좋지 않겠냐고 했지만, 남편은 더 오를 것이라 확신했습니다. 할 수 없이 남편의 의견을 존중해 흐르는 대로 지켜보았습니다.

하지만 수익금은 어느 순간 100%에서 60%가 되고, 이후로도 하락 추세가 이어졌습니다. 투자 금액보다는 수익이 나고 있었지만, 처음보다 수익금이 줄어드니 남편의 마음이 요동치기 시작했습니다. 나는 모든 것이 경험이니 괜찮다고 말했지만, 남편은 자신의 선택을 후회하며 깊이 자책했습니다.

"당신이 해보는 건 어때요? 왠지 잘할 것 같아요." 남편의 뜬금없는 말에 나는 1초의 망설임도 없이 거절했습니다. "저는 그런 거 못 해요. 저랑 맞지도 않아요." 대답과 동시에 찰나의 알아차림이 있었습니다. 내가 생각한 '그런 것'이란 영성과 물질을 분리시키는 행위였습니다. 또 못 하는 것이 아니라 스스로 안 하는 것이었지요. 명상 안내를 하며 이 세상에 못 하는 것은 없고 오로지 생각의 한계만 있다고 이야기하던 내가 시작도 전에 선을 그었다는 것을 깨달았습니다.

문득 벤츠를 타는 스님의 모습을 보며 수군대던 사람들이 떠올랐습니다. 순간 내가 관념에서 벗어나는 행동을 했을 때 받게 될 사람들의 시선을 두려워하고 있음을 알아차렸습니다. 영적인 일을 하면서 물질적인 욕망을 가지면 안 된다는 뿌리 깊은 관념이 나를 제한하고 있었던 것이지요.

나는 다시 말을 바꾸었습니다. "제가 해볼게요!" 다음 날 곧바로 주식에 뛰어들었습니다. 결과는 참담했습니다. 주식의 '주' 자도 모르는 사람이 겁 없이 들이대기만 한 것입니다. 이 어처구니없는 경험은 내게 큰 공부가 되었습니다. 돈 앞에서 흔들리는 마음을 보았기 때문입니다. 돈을 잃을까 노심초사하는 변화무쌍한 감정을 경험했습니다. 물론 경제적인 상황은 더욱 악화되었지요.

관념박스 밖의 삶 살아보기

나는 어지러운 마음을 내려놓고 내면에 집중했습니다. 내가 선택한 상황을 통해 무엇을 배워야 하는지 다른 시선으로 바라보기 시작했습니다. 마음과 감정이 나를 지배하지 못하도록 일상에서는 침묵을 유지했습니다. 명상을 하며 내면 안내자를 통해 꿈을 실현시키는 에너지 법칙을 배운 것이 떠올랐습니다. 지금이 그 법칙을 증명해볼 좋은 기회라고 생각했습니다.

나는 이 일을 꼭 성공시키기로 마음먹고 밤낮을 가리지 않고 주식을 공부했습니다. 그와 동시에 내면의 알아차림 또한 꾸준히 관찰했습니다. 그 과정에서 돈에 대한 나의 고정된 관념을 발견했습니다. 나에게 '돈은 나쁘다', '영혼이 하는 일(신성)에 돈이 끼어들면 안 된다'라는 관념이 있었습니다. 하지만 내가 경험한 내면 여행에서 신성과 돈은 아무런 상관이 없음도 알게 되었지요. 존재는 모두 신성하고 영적이라는 것, 물물교환의 수단으로서 돈은 아무런 죄가 없다는 것을 깨달았습니다.

돈은 자유를 갈망하는 내적 동기의 수단일 뿐임을 알아차리니 내가 무엇을 해야 할지 알게 되었습니다. 내 안에 깊이 뿌리 박혀 있는 관념박스를 허무는 명상을 진행하자 내면 안내자의 메시지가 비로소 이해되었고, 오랫동안 쥐고 있던 관념의 굴레에서 자유로워짐을 느꼈습니다. 그 결과 1년 만에 놀라운 경제적 변화가 찾아오기 시작했습니다. 나는 어느덧 양가 부모님께 용돈을 넉넉히 드릴 정도의 경제력을 갖추었고, 그로 인해 돈에 대한 부모님들의 관념도 허물 수 있었습니다. 돈은 나쁜 것이고, 힘들게 버는 것이라는 생각을 바꾼 것이지요.

이 경험을 통해 내가 알게 된 것은 관념박스를 허물 수 있는 강력한 치유 방법이 있다는 것입니다. 그것은 자기가 만들어놓은 관념박스 밖의 삶을 살아보는 것입니다. 예를 들어, '동성애자는 잘못된 성 사고를 가졌다'라는 관념이 있다면 그들과 친구가 되어보는 것입니다. 그들이 한 존재로서 얼마나 소중한지 느끼는 경험을 해보는 것이지요. '내가 사회 부적응자인 이유는 가정환경 탓이다'라는 관념이 있다면, 가족으로부터 자유를 선언하여 정신적·물질적으로 독립해보는 것입니다. 자신을 가로막는 것은 오로지 자신뿐이었다는 것을 느끼게 될 것입니다.

관념박스를 허물고 나서야 알게 된 것들

나는 경제적인 안정권에 들어섰을 때 아이러니하게도 허무함을 느끼기 시작했습니다. 하루에 천만 원을 번 어느 날, '아, 이건 내 가슴이 뛰는 일이 아니야!' 진정으로 내가 하고 싶은 일이 아님을 깨달았습니다. 사업을 하고 재테크를 하면서 가슴이 뛰는 느낌을 경험한다면 그건 그 사람에게 옳은 일입니다. 하지만 나는 에너지가 낭비되는 느낌이었습니다. 나는 사람들의 내면에 존재하는 신성을 발견할 수 있도록 안내하는 일을 할 때 가슴이 뛴다는 것을 다시 한번 확신했습니다. 이 확신은 나의 관념박스를 허물고 나서야 더욱 분명해졌습니다. 내 삶에 진정한 변화가 시작된 것이지요.

나에겐 어떤 관념들이 있을까?

〈예시〉

- 돈은 싸움의 구실이 된다 → 싸움은 나쁘다 → 착한 사람은 돈을 밝히면 안 된다
- 바람 피우는 배우자는 배신자이다 → 사람들은 이혼을 결혼의 실패로 여긴다 → 이혼한 나는 실패자이다
- 외모가 뛰어나면 능력 있는 남자를 만날 수 있다 → 내가 돈 많은 사람을 만나기 위해선 외모를 가꿔야 한다

- 성장 과정 속에 생긴 관념들이 나를 옭아매고 있지는 않은지 살펴보며 생각날 때마다 하나씩 적어봅니다.

의식성장 솔루션

관념 밖에 존재하는 세상 경험하기

- 엄청난 부자가 행복한 가정을 꾸리고 있는 사람들을 찾아본다.
- 이혼했음에도 다시 행복한 가정이나 혼자만의 멋진 삶을 살고 있는 사례를 찾아본다.
- 외모가 아닌 능력으로 자신의 부를 누리는 사람을 찾아본다.
- 일부다처제, 일처다부제 등 문화에서 벗어난 관념들을 있는 그대로 바라본다. 세상을 향한 나의 시선과 나를 향한 세상의 시선에서 자유로워지는 것을 경험할 것이다.
- 내가 세상을 어떤 관념으로 바라보고 있는지 알아차리는 훈련을 해본다. 자신의 한계를 벗어날 수 있는 자신감이 생길 것이다.

관념박스를 무너뜨리기 위해 내면으로 향하는 작업은 수많은 마음의 저항을 만들어냅니다. 즉, 하던 대로 하려는 마음이 방어적인 상태를 만드는 것이지요. 하지만 위태로울 때 기회가 오는 법! 이 위기가 걸림 없이 자유롭게 살게 해주는 나를 위한 기회라 생각하고 다음의 사례를 참고해서 관념박스 허물기 훈련을 해보시길 바랍니다.

실제 사례 예시

사례 1. 나는 언제 (부정적) 감정이 가장 많이 올라오는지 적어봅니다.

남편의 모든 것에 화가 올라온다. 집안일을 도와주지 않으면서 잔소리하는 모습, 다른 여자들과 나를 비교하는 모습, 시댁만 생각하는 모습, 나만 아이를 돌보는 상황에 억울한 감정이 올라온다.

사례 2. 살면서 나는 어떤 관념들을 만들어내고 있었는지 알아차립니다. 그로 인해 발견한 감정을 적어봅니다.

내가 원하는 남편의 모습을 고정관념으로 틀을 만들어놓았다. 아이들을 위해 항상 최선을 다해야 한다는 아빠의 상을 그려놓고 틀에서 벗어나면 화의 감정이 올라온다는 사실을 발견했다. 나를 존중해주는 가정적인 남편의 모습을 그려놓으니 나를 남과 비교할 때나 내 기분을 맞춰주지 않을 때 감정이 올라오는 것을 느꼈다.

사례 3. 가만히 눈을 감은 채 나의 관념박스가 왜 생겨났는지, 떠오르는 것들을 적어봅니다.

어린 시절의 상처에서 나를 보호하기 위해 관념박스를 만들어놓았음을 깨달았다. 아픔을 되풀이하고 싶지 않은 마음이 만들어낸 관념박스. 하지만 그렇게 형성된 기준으로 모든 것을 맞추다 보니 또 다른 부딪힘으로 새로운 아픔을 끊임없이 만들어가고 있었다. 좋은 남편의 모습에서 벗어나면 이내 공격적인 말과 행동이 나갔다. 나 또한 내가 그려놓은 좋은 엄마의 모습으로 아이들의 자유를 빼앗았다. 그렇게 나의 관념박스가 더욱 단단해지며 여기에 이르렀구나 알게 되었다.

관념박스 허물기 훈련

1. 나는 언제 (부정적) 감정이 가장 많이 올라오는지 적어봅니다. (나를 해방시키고 싶은 것에 대해 구체적으로 적어봅니다.)

2. 살면서 나는 어떤 관념들을 만들어내고 있었는지 알아차립니다. 그로 인해 발견한 감정을 적어봅니다.

3. 가만히 눈을 감은 채 나의 관념박스가 왜 생겨났는지, 떠오르는 것들을 적어봅니다.

관념박스 허물기 명상

※ 명상과 함께 글명상을 꾸준히 진행해보세요.

작가와 에너지를 연결하는 책명상

독서에 대한 중요성을 이야기하기 전에 내가 경험했던 신비 체험들이 나에게 어떤 의미였는지 설명이 필요할 것 같습니다. 내 인생에서 신비 체험은 수학 정답지와도 같았습니다. 어려운 문제를 풀지도 않았는데 이미 정답을 알고 있는 것이지요. 하지만 공식을 모르니 문제를 풀 때마다 답을 찾아 헤매는 것입니다. 삶을 방황하듯 사는 것처럼요.

이 책을 통해 제시하는 솔루션들은 수학 공식과도 같습니다. 공식을 알면 어떤 문제가 닥쳐도 쉽게 풀 수 있지요. 모든 솔루션들은 내 일상을 통해 직접 실천했던 것입니다. 지금은 다른 사람들과 함께 공식을 풀며 정답을 찾아가는 안내자의 역할을 하고 있습니다.

돌이켜 생각해보니, 내 안에서 정답을 알게 되었던 신비 체험들은 나를 소명으로 이끌어주기 위한 하나의 신호였습니다. 그 안내를 통해 정답을 찾아가는 인생 공식을 발견하게 해준 가장 큰 인연은 독서였습니다. 아무것도 모르던 내가 새로운 소명에 대해 확신을 품을 수 있었던 것 역시 독서 덕분이었지요.

허공에는 눈에 보이진 않지만 수많은 에너지가 떠다닙니다. 그중에 생각에너지도 있습니다. 무수히 떠다니는 생각에너지에는 경험으로부터 나오는 지혜도 포함되어 있습니다. 지혜가 담긴 생각에너지가 머릿속에만 머물러 있다면 어느 순간 흩어집니다. 그 에너지를 붙들 수 있는 것이 바로 글입니다. 책을 읽으면 글을 쓴 사람의 생명에너지가 고스란히 전해집니다. 굳이 작가를 만나지 않아도 그들이 느꼈던 지혜를 자신의 인생 공식에도 흡수할 수 있게 되는 것입니다.

작가의 지혜가 내게로 연결되는 순간

인간은 모두 영적인 존재입니다. 그러므로 책에는 글을 쓴 작가의 고유한 영혼의 에너지가 담겨 있습니다. 그 에너지와 하나가 되기 위한 나만의 독서법이 있습니다. 나는 책을 한 번에 정독하지 않습니다. 느낌이 오는 책은 바로 구입해놓고 지혜가 필요할 때 언제든지 꺼내 읽을 수 있도록 하지요. 어느 날 영감이 필요할 때, 영혼의 신호를 감지해야 할 때, 일상이나 명상 중 어떤 체험이 있었을 때 책 속 작가의 에너지와 하나가 되어 답을 구합니다.

나의 정답지와도 같은 신비 체험에 확신을 더해준 책이 있습니다. 아니타 무르자니의 저서인 〈그리고 모든 것이 변했다〉입니다. 그녀의 임사체험은 나의 경험과 가장 유사했습니다. 매일 새벽 그녀의 책을 읽으며 내 가슴속 사랑과 하나가 되는 듯한 느낌을 경험했습니다. 눈을 감고 아니타 무르자니에게 깊은 감사를 전했습니다. '당신의 이야기를 책으로 담아주어 감사합니다. 그로 인해 나에게 확신을 더해주어 감사합니다. 나를 안내해주어 감사합니다.' 그녀와의 연결감을 느끼며 가슴 깊은 곳에서 감사의 에너지를 확장시켜나갔습니다.

그녀를 떠올릴 때마다 함께 떠오르는 또 한 명의 작가가 있습니다. 고인이 된 웨인 다이어입니다. 그의 책을 읽으면서 영적 경험이 시작되었기 때문입니다. 그가 책을 쓰지 않았다면 그의 지혜가 나에게 어떻게 연결될 수 있었을까? 책명상을 하며 만난 적도 없는 그에게 감사를 전합니다. '당신의 지혜를 책으로 남겨주어 감사합니다. 당신의 에너지가 나를 깨워주어 감사합니다.' 이렇게 나는 책을 통해 작가들과 연결감을 느끼는 책명상을 꾸준히 해나갔습니다.

새벽 독서 vs. 잠들기 전 독서

책명상을 통해 알게 된 사실이 하나 더 있습니다. 영적인 에너지가 강력한 시간에 책을 읽으면 의식성장에 더 많은 도움이 된다는 것입니다. 그 시간은 새벽 시간과 잠들기 전의 시간입니다. 새벽에는 허공에 생각에너지가 극히 줄어듭니다. 그만큼 영적인 에너지가 가득 차 있는 시간이기도 하지요. 그 시간에 느낌이 오는 책을 펼쳐 읽으면서 가슴에 와닿는 글귀가 있으면 밑줄을 긋고 잠시 눈을 감아 가슴에 새겨 넣습니다. 특히 인생의 나침반이 되어줄 좋은 글귀는 수첩에 메모하여 에너지를 더 강력하게 보관해보세요. 어느 날 그 글귀들이 놀라운 영감을 주고 길을 안내해줄 것입니다.

새벽 독서는 나의 중요한 하루 일과입니다. 책을 쓴 작가와 깊은 연결감을 느끼며 책명상과 함께 하루를 시작합니다. 하루의 마무리 또한 마찬가지입니다. 잠들기 전 시간은 잠재의식에 큰 영향을 줍니다. 지나간 하루의 에너지를 정화하고 스스로를 돌아볼 수 있는 시간을 가집니다. 이때 책을 읽으면 그 속의 지혜가 잠재의식에 스며듭니다. 그 시간에 자극적인 정보나 영상은 최대한 삼가고, 의식에 도움을 주는 책들을 읽고 명상하며 잠이 듭니다.

아침에 동기부여가 될 수 있는 책을 읽는다면, 잠들기 전에는 영적인 성장에 도움을 주는 책들을 읽는 것이 좋습니다. 영적인 성장을 도와주는 책은 한 문장 안에 작가의 의도가 함축적으로 담겨 있는 경우가 많습니다. 그 한 문장에 오롯이 담긴 의미를 이해하기 위해 작가와 연결하는 책명상을 하는 것입니다. 책명상을 통해 나 또한 지혜로운 삶을 실천하는 명상 안내자의 길을 걷게 되었습니다.

당신이 목표하거나 원하는 삶에 관한 이야기가 담겨 있는 책을 찾아 그 작가와 연결되었다고 상상하며 책을 읽어보길 바랍니다. 당신의 꿈을 먼저 이루어낸 작가의 지혜가 당신에게 흡수될 수 있도록 수시로 펼쳐 읽어야 합니다. 그래야 책 속의 지혜가 온전히 당신의 것이 될 것이며, 또 다른 지혜가 당신을 통해 나오게 될 것입니다.

의식성장 솔루션

책명상법

- 평상시보다 일찍 일어나 새벽 시간을 활용하여 의식을 성장시킬 수 있는 독서를 한다 (영적인 에너지를 받을 수 있는 시간은 새벽 3~5시이며, 꿈을 이루고자 할 때의 기상 시간은 태양이 뜨기 전이 가장 좋다).
- 이른 새벽과 잠들기 전은 잠재의식을 활용할 수 있는 최고의 시간대이다.
- 잠들기 전 독서로 잠재의식에 새로운 지혜가 스며들 수 있도록 한다.
- 책을 읽으며 가슴에 와닿는 글귀를 만나면 잠시 멈추고 작가가 의도하고자 했던 느낌을 찾아 느껴본다.
- 가슴을 울리는 글귀와 문장은 나만의 성장노트에 메모하여 에너지를 모아놓는다.
- 그 작가와 연결되었다고 상상하며 마음속으로 감사함을 전달한다.

※ 책명상은 저자의 유튜브(마이트리tv)에 정기적으로 업데이트되고 있습니다.

마음과 신성이 만나는 영적 성장 통로, 몸

피겨 여왕 김연아 선수의 인터뷰 중에 이런 내용을 본 적이 있습니다.

> "훈련을 하다 보면 늘 한계에 부딪혀요. 어느 땐 근육이 터져 버릴 것 같고, 어느 땐 숨이 목까지 차오르고, 어느 땐 주저앉고 싶기도 해요. 이런 순간이 오면 가슴속의 무언가가 말을 걸어요. 이만하면 됐어! 충분해! 다음에 하자! 이런 유혹에 포기하고 싶을 때가 있어요. 하지만 이때 포기한다면 안 한 것과 다를 게 없어요."

마라톤을 하는 사람들의 이야기를 들어보면 어느 순간 숨이 넘어갈 것 같은 한계점이 찾아온다고 합니다. 하지만 그 순간을 넘기면 몸의 한계점을 뛰어넘는 '무아' 상태가 되기도 하지요. 김연아 선수는 마음의 소리를 듣고, 한계를 뛰어넘어 자신을 이겼습니다. 마라톤 선수는 한계의 순간, 몸을 뛰어넘어 존재(무아) 상태로 달립니다. 마음의 소리를 듣고 그 한계를 뛰어넘어 존재 상태가 되었을 때 우리에게 얻어지는 것이 무엇인지, 그들의 결과물을 보면 알 수 있지요.

이 대목에서 우리가 꼭 알아야 할 것이 있습니다. 마음을 뛰어넘어 존재 상태가 된 그들에게도 있고 당신에게도 있는 것, 당신이 원하는 것을 하기 위해 꼭 존재해야 하는 것, 바로 당신의 몸입니다. 몸이 없이 의식만 존재한다면, 신성은 당신을 통해 이루고자 하는 것들을 절대 이룰 수 없습니다. 내가 내면 여행을 통해 얻게 된 정보 중 하나는, 우리 세포의 기록은 지금 이곳에서만 수정이 가능하다는 것입니다. 지금 이곳이란? '몸'을 가지고 살아 숨 쉬는 '지금 이 순간'을 말합니다.

영혼의 안식처, 내 몸을 아끼고 사랑하는 법

영혼의 차원과 몸의 차원에는 각기 다른 배움이 존재합니다. 삶이 주어진다는 것은 육체를 사용할 수 있는 시간이 생긴다는 말입니다. 육체를 사용하지 않는다면 당신의 정신이 몸 안에 갇혀 있는 것이지요. 관 속에 갇혀 있는 것이 아니라 마음으로 뒤덮인 몸 안에 갇혀 죽은 것과 같은 것입니다. 깨어 있기 위해 몸을 어떻게 사용해야 하는지, 몸이 영적 성장의 통로가 되기 위해 어떤 훈련을 해야 하는지 알아야 할 필요가 있습니다.

자세한 이해를 돕기 위해 몸-마음-존재 차원을 간단한 예로 들어 보겠습니다. 몸은 우리가 거주하는 집과도 같습니다. 마음은 집 안에 들어찬 물건이고, 존재는 집주인입니다.

몸 = 집

마음 = 집 안 물건

존재 = 집주인

당신이 존재함으로써 집(몸)을 장만할 수 있게 됩니다. 하지만 집에 들어가 휴식을 취하는 것이 아닌, 온갖 집 안 물건(마음)으로 인해 더 불편한 상황들이 생길 수 있습니다. 그 집(몸)을 고급주택처럼 대하고 아껴서 편안한 보금자리로 만들 것인가? 아니면 정리(정화)하지 않아 온갖 물건들(마음)이 널려 있는 곳에서 살 것인가? 당신이 선택하면 되는 것입니다.

당신 주변의 사람들도 마찬가지입니다. 사람들은 고급주택(몸)에다 함부로 쓰레기(감정)를 버리지 않습니다. 하지만 정리되지 않은 물건이 집 밖에까지 가득 넘친다면 사람들도 그곳에 쓰레기(부정적 감정,

넋두리)를 버리게 될 가능성이 큰 것입니다.

당신이 거주하는 몸을 어떻게 가꾸어야 하는지 함께 알아봅시다.

긍정적인 마음으로 음식을 섭취한다

좋은 음식을 먹으라는 것이 아니라 즐겁게 먹으라는 것입니다. 예전에 '말의 힘'이라는 TV 다큐멘터리에서 유명한 밥 실험을 본 적이 있

사진 출처/MBC 한글날 특집 실험 다큐멘터리 '말의 힘'

습니다. 밥을 따로 담아놓고 한 달 동안 긍정적인 말과 부정적인 말을 들려주는 실험이었습니다.

실험 결과는 놀라웠습니다. 부정적인 말을 들려준 밥에 곰팡이가 피고 색도 변했습니다. 우리 몸을 통해 나가는 파동에너지의 존재를 잘 표현한 실험입니다.

당신은 식사할 때 어떤 말과 기분으로 음식을 섭취하고 있나요? 식탁에서 아이와 함께 밥을 먹으면서 어떤 대화를 하고 있나요? TV를 보며 무의식적으로 먹는 음식에 어떤 에너지가 담길까요? 부정적인 상태로 음식을 섭취하여 내 몸에 곰팡이를 자라게 하는지, 긍정적인 마음으로 섭취하여 맑은 에너지를 흡수하는지 돌아보세요. 우리의 몸을 통해 나간 말과 생각은 상대에게 전달되기 전에 가장 강력한 파동으로 자신에게 먼저 전달된다는 사실을 자각해야 합니다. 좋은 음식이 중요한 것이 아니라 음식을 어떤 마음으로 먹는지, 그 태도가 중요한 것입니다.

음식이 내 앞에 오기까지 수많은 사람과 과정을 거쳤기에 그 에너지가 음식에 고스란히 담겨 있습니다. 좋은 음식을 독으로 변하게 하는 것도 나에게 달려 있고, 값싼 인스턴트라도 감사한 마음으로 섭취한다면 좋은 파동으로 새로운 에너지를 채울 수 있는 것입니다.

의식성장 솔루션

생명에너지를 흡수하는 감사 식사법

- 음식을 섭취하기 진, 이 음식이 나에게 오기까지의 과정을 상상한다.
- 지구, 땅, 재배와 유통, 요리해준 사람의 정성을 상상하며 감사한 마음으로 음식을 섭취한다.
- 음식을 씹고 있는 나의 미각에 집중하며 몸속으로 생명에너지를 흡수하고 있다고 상상한다.
- '지금 이곳'에 살아 존재하고 있음에 감사하며 식사 때마다 이 훈련을 반복한다.

운동으로 생각에너지를 분산시킨다

여기서 말하고자 하는 운동은 강한 체력과 날씬함을 추구하는 운동이 아니라 몸의 감각을 느끼는 운동, 즉 자신이 살아 있음을 느끼는 운동입니다. 몸을 움직이면 움직일수록 멋대로 떠다니는 생각들을 잠재울 수 있습니다. 특히 땀 흘려 하는 운동은 내 안에 쌓인 감정을 비워낼 수 있는 정화의 효과를 가져옵니다.

외부에서 받은 부정 에너지들을 방어할 수 있는 힘 역시 운동에 있습니다. 많은 생각들은 머릿속에 에너지를 모아 두통을 만들어내기도 하지요. 하지만 몸을 사용하면 생각에너지가 이곳저곳으로 분산되어 생각이 줄어듭니다.

당신에게 감당하기 힘든 근심거리가 있다고 상상해보세요. 그때 땀 흘리며 운동하라고 조언하면 바로 운동할 수 있을까요? 괴로워하는 데 생명에너지를 사용하느라 움직일 겨를도, 에너지도 없을 것입니다. 이때 할 수 있는 쉬운 방법이 있습니다. 평소 당신이 움직이는 행동 범위보다 조금 더 넓은 반경을 확보하는 것입니다.

살고 싶고, 성장하고 싶고, 성공하고 싶다면 당신의 의지를 보여야 합니다. 이불 안에서, 술자리에서, 휴대폰만 보며, 당신의 불행을 더욱 더 견고하게 만드는 행동에서 벗어나야 합니다. 당신의 행동 반경이 집과 직장을 되풀이한다면, 출근 전 10분 정도 일찍 나와 산책해보는 것입니다. 한 걸음씩 내디딜 때마다 땅과 접촉하는 느낌에 집중하며 생명에너지를 느껴봅니다. 이때 떠오르는 근심거리가 있다면 이렇게 이야기합니다.

"나의 생각들아, 나의 걱정거리들아,
내가 한 걸음 한 걸음 걸을 때마다
너희는 흩어져 나에게 지혜가 되어 돌아온다.
나의 성장을 위해 지금 이 위치에 있는 것을 나는 알고 있다."

자연은 우리에게 자신의 모든 것을 아낌없이 내어줍니다. 자연이 내어주는 힘은 치유의 에너지입니다. 우리의 말과 생각은 에너지를 만들어냅니다. 말을 입 밖으로 내보내면 자연은 그 에너지를 그대로 흡수하고 자신의 생명에너지를 우리에게 돌려줍니다. 그 치유의 에너지가 우리에게 안식을 가져다주는 것이지요. 보이지 않는 차원에서 우리는 어느 한 점 빈 공간 없이 모두 연결되어 있습니다. 허공 속에서 모든 에너지가 나를 위해 흐를 수 있도록 말과 생각으로 진동을 내뿜는 원리가 성립되는 이유입니다.

모든 에너지는 순환되어 흐르고 있습니다. 당신이 걷고 있는 몸의 바닥과 땅 에너지의 연결감을 통해 안정감을 얻었다면, 나 또한 자연에게 무엇을 베풀어줄 수 있을지 생각해보세요. 지구는 지금 이 순간에도 자신의 생명에너지를 아낌없이 우리에게 주고 있습니다. 우리가 지구를 지켜야 하는 이유입니다. 지구와 연결시켜주는 몸이 있는 이유이기도 합니다. 그렇게 10분, 20분 땀을 흘릴 정도로 몸을 움직여보세요. 몸을 통해 자연과 지구와 하나 됨을 느껴보세요.

당신이 소유한 차와 집, 물건에는 돈을 지불하지만, 몸을 소유한 것에는 그 어떤 대가도 지불하지 않았습니다. 내 몸을 인식한다는 것은 의식의 차원을 경험하는 것과 같습니다. 내가 머무는 가장 아름다운 사원인 몸을 사랑하며 아껴주세요. 그것이 바로 신성에 대해 감사와 예의를 표하는 것입니다. 그 순간 당신은 활동적인 에너지를 선물받게 될 것입니다.

매일 밥을 먹고 몸을 움직이는 일상을 활용해서 내 몸을 아끼고 사랑하는 이 간단한 방법을 꾸준히 실천한다면 가벼운 몸 상태와 한결 좋아진 기분으로 하루를 살아갈 것입니다.

의식성장 솔루션

생명에너지를 자각하는 몸 운동법

- 몸을 선물한 신을 향한 예의로 별도의 시간을 내어 땀 흘리며 운동한다.
- 스트레스로 힘든 상황이라면 행동 반경을 평소보다 조금 더 넓게 잡아보자.
- 생명에너지로 전환할 수 있도록 걸음걸이나 몸의 움직임에 생각에너지를 더해보자.

  '나의 생각들아, 나의 걱정거리들아,
  내가 한 걸음 한 걸음 걸을 때마다
  너희는 흩어져 나에게 지혜가 되어 돌아온다.
  나의 성장을 위해 지금 이 위치에 있는 것을 나는 알고 있다.'

- 아낌없이 받은 생명에너지로 편안해졌다면, 나 역시 나눠줄 수 있는 방법을 찾아보자. 가령 쓰레기 줍기나 금연, 나무 한 그루 심기도 좋은 방법이다.
- 몸을 자각할 수 있는 이곳에 존재함에 감사함을 느끼며 훈련을 반복한다.

몸을 자각하는 명상

CHAPTER TWO

내면 안내자를 만나는 문, 글명상

"기억 속의 장면을 글로 적는 순간,

당신은 과거와 미래의 에너지를 가져오는 마법사가 되는 것입니다."

마음의 색을 담아
글로 표현하라

명상과 더불어 내가 더 알아야 할 것들이 있음을 직관적으로 알게 되었습니다.

문득 한 가지 방법이 떠올랐습니다. 세포가 기억하고 있는 기록을 아주 디테일하게 적어보기! 이 감정이 어디에서 올라오는지, 감정에 이름을 붙이고 생명을 불어넣어 낱낱이 글로 표현해보면 어떨까? 어쩌면 다른 차원에서 경험한 그 영롱한 책이 이것을 이야기하는지도 모르겠다는 생각도 스쳤습니다. 아직은 내가 경험한 영적 체험의 의미를 낱낱이 알 수가 없으니 우선 내가 할 수 있는 것부터 직관에 따라 실행해보기로 했습니다.

그 노력은 나에게 기적과 같은 결과를 가져다주었습니다. 글쓰기가 하나의 연결고리가 되어 내면의 안내자와 나를 다시 연결시켜주었기 때문입니다.

나의 세포에 어떤 기록이 남아 있는지 아주 디테일하게 적어 내려갔습니다. 이를테면,

하나, 둘, 셋! 흡!! 숨을 안 쉬기 시작한다.
이러면 죽을 수 있겠지?
부모님의 싸움에 집안 살림은 모두 박살이 나고 있다.
어지러운 환경 속에서 자유롭고 싶은 마음에
숨을 안 쉬는 연습을 시작한 것이다.
봉투를 뒤집어쓰기도 하고,
두 손으로 코와 입을 막아보기도 한다.
그러다 숨쉬기가 곤란해 다시 큰 숨을 내쉬는
내 모습이 우스꽝스럽지만,
어린 초등학생의 행동으로 보기엔 내 가슴이 미어진다.

나의 상처들을 이렇게 하나씩 회상하며 글을 통해 모든 감정을 표출하기 시작했습니다. 울기도 하고 화를 내기도 하며, 연민과 사랑을 담기도 했습니다. 내가 적은 글을 당시의 아픈 마음을 위로하듯 소리 내어 읽기 시작했습니다. 볼을 타고 하염없이 눈물이 흘렀습니다. 당시의 어린 나와 한마음이 되어 아픔을 함께 나누었습니다. 여기에 명상을 더하여 마음에 질문하고 스스로 답을 찾아갈 수 있도록 훈련했

습니다. 글 안에 살아 있는 나를 보호해주고 싶었습니다. 천천히 숨을 들이마시고 내쉬며 글에 적힌 나를 떠올립니다. 그 안에서 아이를 안아주며 사랑한다고 속삭여줍니다. 모든 것이 괜찮다고 얘기해줍니다. 너는 혼자가 아니며, 지금 이곳에서 내가 너를 지켜주고 있다고 말해줍니다.

그렇게 위로와 사랑과 호흡이 하나가 되어 어느덧 편안해진 마음을 알아차렸습니다. 죽음으로 자신의 존재를 확인받고 싶어 했던, 그렇게 부모에 대한 복수를 꿈꿨던 아이를 성장시켜주는 듯했습니다. 그 아이에게 네가 겪은 것은 시련이 아닌, 더 좋은 부모가 되기 위한 과정이었다는 것을 알려주었습니다.

그렇게 아이를 보낸 후 깊은 명상을 통해 에너지샤워를 해나갔습니다. 어느 순간 감은 두 눈앞에 드넓은 자연이 펼쳐지며 큰 나무 한 그루가 가운데 우뚝 서 있었습니다. 흔들리는 나뭇잎을 바라보며 바람을 상상했습니다. 평온하고 따뜻한 느낌 안에서 자연의 소리가 내 안에 울렸습니다.

'우리는 당신을 보호하고 있어요.'
'우리는 당신을 기다리고 있어요.'

나의 세포와 우주의 세포가 함께 진동하며 들려주는 이 울림은 너무나도 따뜻했습니다. 그렇게 내 안의 안내자는 적절한 타이밍에 명확하고 분명한 울림으로 내게 다가왔습니다. 내면 안내자의 존재를 다시금 확인한 것입니다.

이후 꾸준히 글명상을 진행했고, 그때마다 안내자는 내면 깊은 곳으로 나를 안내해주었습니다. 안내를 통해 삶 속에서 훈련 방법을 익히며 삶과 영성의 균형을 이루어나갔습니다.

관찰자의 에너지를 활용하라

글로 적는 것은 흐르는 에너지가 관찰자의 에너지로 전환되어 모든 기록의 교정이 가능합니다. 그뿐만 아니라 감정과 상황을 변화시키는 힘도 가지고 있지요. 글을 적는 순간 과거와 미래의 에너지가 함께 합니다. 과거를 회상하며 기억 속의 장면을 글로 적는 순간, 당신은 그 에너지를 가져오는 마법사가 되는 것입니다. 과거의 기억을 통해 내가 무엇을 배우고 성장해야 하는지 깨닫기를 소망해야 합니다. 깨달음이 올 때, 과거 속 시련은 더 이상 당신을 괴롭히지 못합니다. 오히려 단단한 뿌리가 되어줍니다.

그렇게 검은 세포의 기록은 밝은 세포가 되어 어둠을 비추는 등불이 되어줍니다. 만약 지금 당신이 어두운 터널 안에 있다면, 원하는 미래를 글로 적어보세요. 이번에는 미래 에너지를 가져오는 마법사가 되는 것입니다. 막연히 현재의 두려움을 회피하기 위해 적는 것이 아니어야 합니다. 미래를 위해 내가 더 성장해야 할 것이 무엇인지 알 수 있는 지혜를 달라고 소망해야 합니다. 이는 당신의 세포에 새로운 것을 기록하는 중요한 행위입니다. 이렇게 글로 적는 순간, 당신은 과거와 미래의 에너지를 가져오는 마법사가 되는 것이지요. 이것이 글로 표현할 수 있는 관찰자의 에너지입니다.

관찰자의 에너지를 활용하면 당신 세포의 구성을 원하는 대로 만들 수 있습니다. 이 훈련을 반복하면 감정과 생각, 상황을 관찰하여 내면을 더 면밀히 들여다볼 수 있습니다. 또한 감정과 생각, 상황을 원하는 대로 만들어낼 수도 있지요. 글을 통해 관찰자의 에너지를 활용하고, 내면을 바라보는 명상을 꾸준히 한다면 의식이 몰라보게 성장할 것입니다.

관찰자의 에너지를 활용하는 훈련을 이제 나와 당신이 해나가야 합니다. 그 이유는 당신 안에도 무한한 사랑의 지성인 내면 안내자가 당신을 보호하며 기다리고 있기 때문입니다. 또한 당신을 둘러싼 관계에 대한 새로운 인식이 열리기 때문이기도 합니다.

내면 안내자와 함께하면 세상을 바라보는 새로운 지혜의 눈이 열리면서 삶의 많은 부분이 저절로 이해되는 경험을 하게 될 것입니다.

또 예전에는 알지 못했던 전혀 다른 관점의 접근 방법을 터득하게 될 것입니다. 마음과 직관을 구분하는 힘이 생기고, 영감을 통해 행동하게 될 것입니다. 삶의 모든 방향에서 당신의 질문에 답을 해줄 것입니다. 내면과 하나 된 당신은 내면 안내자가 느끼는 에너지를 함께 느끼게 될 것입니다. 처음 느끼는 사랑의 에너지장 안에서 현실에서는 느끼지 못했던 무한성을 경험하게 될 것입니다. 그 에너지 파장으로 인해 연민을 느낄 것이고, 용서할 것이며, 자신의 힘을 발견하고 지혜로써 사랑을 나누기 시작할 것입니다. 마음을 조화롭게 사용할 것이며, 두려움 없이 행동하게 될 것입니다.

이 모든 것이 오직 각자의 경험을 통해 나눠야만 한다는 것을 나 또한 내면 안내자를 통해 알게 되었습니다. 당신이 아직 내면 안내자를 만나지 못했다면, 내면보다는 외부에서 스승을 찾으며 관념 속에 살고 있기 때문입니다. 명상을 하면 늘 온화한 미소와 평온 속에 있어야 하고, 자연과 함께 살아야 하며, 영적 탐구를 하려면 세속을 버려야 한다는 등의 수많은 고정관념이 내면 안내자와 당신의 거리를 더욱 멀어지게 만듭니다. 이러한 관념의 틀을 깨트리기 위해 용기를 내야 합니다. 우리는 버릴 것도 없으며, 떠날 이유도 없습니다.

오로지 내면을 향해 가슴을 연다면, 항상 그 자리에서 당신을 보호하고 있는 천사를 만날 것입니다. 당신의 세포 안에 어떤 기록과 관념들이 있는지 글명상을 통해 바라볼 수 있어야 합니다. 그 과정에서 어떤 정화 반응이 있고 어떤 체험들이 기다리고 있는지, 이제부터 나의 경험을 통해 당신을 안내할 것입니다. 내면의 세상과 현실에서 길을 잃지 않도록 등불이 되어주기 위해 나 또한 끊임없이 내면으로 향할 것입니다. 내면을 위해 현실을 포기할 필요가 없습니다. 마찬가지로 현실을 위해 내면을 포기할 필요도 없지요. 그 어떤 이론보다 더 위대한 것이 당신의 가슴에 존재합니다. 삶과 영적 탐구를 위한 글명상은 당신과 내면의 안내자를 연결하는 고리가 되어줄 것입니다.

마음이 아닌 지혜를 기록하는 법

내면 안내자와 연결하는 글명상을 하기에 앞서 구체적인 원리와 방법에 대한 이해가 필요합니다. 내가 내면 여행을 하며 발견한 모니터들은 나를 구성하는 세포였고, 그 하나하나에 나의 의식 체계가 낱낱이 담겨 있다는 것을 알게 되었습니다. 우리의 의식 체계는 나의 모니터, 즉 세포에 네 가지로 기록됩니다. 장면, 감정, 연결, 깨달음으로 얻은 지혜가 그것이지요. 하지만 대부분의 사람들은 '지혜'가 아닌 '마음'을 기록합니다. 여기서 마음이라 함은 다른 사람들과 부딪히는 상황에 대한 태도와 감정을 이야기하는 것입니다. 지혜는 오로지 내면을 향할 때 가슴에서 깊은 깨달음을 불러오지만, 마음은 나 아닌 모든 것에 시선이 가 있을 때 언제든지 합리화시킬 수 있는 방법들을 찾아냅니다.

우리의 감정은 주어진 상황과 관계 안에서 서로 연결되어 일어납니다. 일상을 통해 나는 마음과 지혜, 어느 쪽을 기록하고 있는지 자각할 필요가 있습니다. 예를 들어, 친한 지인이 어느 날 당신의 감정을 자극하여 수치심을 안겨주었다고 가정해보겠습니다. 보통의 사람은 상대를 판단하며 나를 불편하게 만든 사람으로 '마음'에 저장합니다. 그러나 성장하는 사람은, 움직이는 마음을 관찰하며 나의 어떤 부분을 건드려 수치심이 올라왔는지 내적 탐구를 시작합니다. 그 탐구는 내 안에 숨어 있던 마음을 발견해 자신을 더욱 성장시킵니다. 이것이 마음이 아닌 지혜를 기록하는 것입니다.

내적 탐구 없이 마음에 저장된 기억으로 살아간다면, 일상생활이나 인간관계에서도 많은 제약을 받습니다. 내 앞에 펼쳐진 자유를 누리지도 못한 채 마음감옥 안에 갇혀 살게 되는 것입니다. 이것으로 끝이 아닙니다. 당신의 세포에 저장된 마음은 또다시 새로운 모니터를 만들어냅니다. 상황만 다르게 각색되어 또다시 비슷한 경험을 하게 만드는 것이지요. 삶을 돌아봤을 때 살던 대로 비슷한 패턴을 살고 있는 이유입니다. 또 당신이 비슷한 사람들을 반복적으로 만나는 이유이기도 합니다. 사람들이 운명이라고 말하는 것도 이와 같이 그 '마음'

을 들여다보지 않아 무의식중에 똑같은 선택을 하기 때문입니다.

우리는 이 원리를 이해하고 마음을 의식으로 끌어올리는 내적 탐구를 훈련해야 합니다. 그 과정을 통해 단단한 내력(內力)과 유연한 마음으로 지혜로운 삶을 살아갈 수 있습니다.

성장을 선택한 당신의 세포는 영롱한 빛을 내며 진동수가 올라갑니다. 그 빛과 진동은 이전과는 다른 새로운 상황들을 끌어옵니다. 이윽고 도전에 대한 두려움이 사라지고, 당신 세포의 진동수와 비슷한 사람들을 만나게 됩니다. 당신은 지금보다 성장하고 싶으신가요? 이제부터 세포에 빛을 주고 진동수를 올리는 훈련을 시작해봅니다.

지혜에 접속하는 글명상 훈련

'글로 적는다고 내가 변할 수 있을까?'

'고작 글을 적을 뿐인데 어떤 변화들이 찾아온다는 거지?'

많은 분들이 이런 질문을 던졌습니다. 글로 적는다는 불편함을 극복하고 글명상 솔루션을 진행하신 분들의 대답은 한결같았습니다.

"왜 글을 적으라고 했는지 이제 알 것 같아요."

"내가 그동안 얼마나 나 아닌 다른 사람들에게 관심을 갖고 살았는지 알게 되었어요."

이제는 마음 훈련을 직접 실천할 시간입니다. 글명상은 어떤 정해진 규칙이 없습니다. 누군가는 짧은 몇 줄로 표현하기도 하고, 누군가는 그림이 그려질 정도로 아주 구체적으로 표현하기도 합니다. 형식은 상관없습니다. 다만, 자신과 대화하는 것에 진심을 다해 집중하는 것이 중요합니다. 자신과 대화하기를 바라는 태도가 바로 당신 안의 신성과 하나 되는 준비를 하는 것이기 때문입니다.

일상에서 반복적으로 머릿속에 떠오르는 장면이 있다면 그 장면을 글로 적어봅니다. 변화를 주고 싶거나 삶의 의미를 알고 싶은 글들 역시 좋습니다. 조용한 곳에서 글을 쓰며 자신을 위한 선물 같은 시간이라고 생각해보세요. 우리의 머리에 떠다니는 생각들은 꼬리에 꼬리를 물고 자신만의 세상 안에서 연극을 하며 생각을 확장시켜나갑니다. 하지만 무한한 공간에 떠다니는 생각들을 글로 정리하면 특별한 치유 효과가 나타나기 시작합니다.

글을 적는다는 것에 어떠한 제약도 필요 없습니다. PC를 사용하든, 펜과 노트를 쓰든, 스마트폰에 메모하든 아무 상관 없습니다. 오로지 자신에게만 집중해봅니다. 글로 쓰는 명상은 어질러진 집을 정리하듯 눈에 보이지 않는 머릿속 생각을 정리정돈해줍니다. 그리고 필요할 때 바로 꺼내 사용할 수 있는 기억 속 서랍장 역할이 되어줍니다. 글명상을 통해 쓸데없는 생각들로 자신을 괴롭히는 일이 줄어드는 것을 경험할 것입니다.

다음의 사례는 글로 적는다는 것에 거부반응이 있었지만, 적고 보니 왜 글명상이 치유 효과가 있는지를 직접 경험한 분들의 이야기입니다. 이 사례를 통해 여러분도 용기 내어 자신의 이야기를 써보는 글명상을 시도해보시길 바랍니다.

글명상 체험 사례

사례 1.

친구 A를 보며 답답해하는 나를 발견하고 이내 내면으로 시선을 돌렸습니다. 적극적이지 않고 두루뭉술하게 말하는 것을 불편해하는 내 모습을 보았어요. 생각해보니 친구들 사이에서 저도 조용히 있고 늘 하자는 대로 따라가기만 했었네요. 친구 A를 이해해보며 올라오는 감정을 놓아버리니 마음이 편안해졌습니다. 특히 감정을 휴대폰 노트에 글로 적으니 정리가 되더군요^^ 생활 중에 틈틈히 해봐야겠다고 다짐해봅니다.

사례 2.

아내의 삶을 있는 그대로 받아들이기 위해 나의 관념박스를 살펴보았습니다. 아내가 맛있는 음식도 해주고, 아들도 잘 키우고, 회사일도 잘하는 커리어우먼이어야 한다는 고정관념이 있었던 것 같습니다. 이 글을 적으면서 고생하는 아내를 위해 요리를 배워야겠다는 용기가 올라옵니다. 아내에게 바라는 마음을 내려놓고, 퇴근해서 한 번씩 요리를 해봐야겠습니다. 해보고, 그래도 마음이 올라오면 다시 적어두겠습니다.

내면 안내자를 만나는 글명상

사람들 앞에서 속에 있는 말을 꺼내려 할 때마다 눈물이 나고 가슴이 저려와 당황스러울 때가 있었습니다. 그 이유를 찾을 수 있었던 것은 나 자신에 대한 질문을 통해서였습니다. 우리가 겪는 모든 일의 이면에는 보이진 않지만 알려주고자 하는 깨달음(본질)이 숨겨져 있습니다. 그 숨은 깨달음을 찾아낸다면 당신은 삶의 본질을 볼 수 있는 지혜를 얻게 됩니다. 그 첫 번째 행동이 바로 질문입니다.

스스로 질문하는 방법을 배우고 그 안에 숨어 있는 본질적 깨달음을 얻는 패턴이 습관이 될 때까지 글명상을 반복해봅니다. 생각을 정리하고 흘려보내는 습관이 길러진다면 자신과 타인을 이해하는 마음이 훈련되고, 다른 사람들의 삶을 아무런 판단 없이 온전히 바라볼 수 있게 됩니다. 또한 삶에 우연이란 없음을 알게 되고, 세상을 바라보는 뒤틀린 관점을 바로잡을 수 있게 됩니다. 이때 비로소 세상은 내가 바라보는 대로 펼쳐진다는 것을 깨달아 자유롭게 살 수 있게 되는 것입니다.

STEP 1. 질문하기

우리의 세포 안에 저장된 모니터를 열람할 수 있는 방법 중 하나는 질문입니다. 질문은 내면을 향해 노크하는 것과 같습니다. 마음의 문이 열리면 외부로 향한 시선이 멈추고 내면을 강하게 만들어주는 힘이 더해집니다. 감정을 자극하는 기억들, 판단에 영향을 주는 마음을 들여다보기 위해 스스로 질문하는 훈련을 해봅니다.

STEP 2. 글명상으로 자신에게 다가가기

저장된 기억을 글로 정리하는 것은, 불필요한 생각들이 나의 몸 세포 구석구석을 돌아다니지 못하도록 한곳으로 몰아넣는 작업이라고 표현할 수 있습니다. 질문을 하고, 떠오르는 장면들을 향해 자신의 이름을 부르며 감정 상태를 적는 순간! 세포는 화들짝 놀라 모니터 화면이 켜지면서 마음의 문을 열 준비를 합니다. 당시의 상황과 자신이 느꼈던 감정을 바라볼 수 있는 힘을 기르는 것이지요.

다른 이들이 글을 보고 장면을 떠올릴 수 있을 정도로 구체적으로 적으면 더욱 좋습니다 (물론 처음 할 땐 어색하고 힘드니 한 줄만이라도 적어보는 것이 중요합니다). 이때 자신의 이름을 부르며 글을 적으면 좀 더 구체적으로 내면 탐구를 진행할 수 있는 효과를 볼 수 있습니다.

질문 리스트 예시

- 나의 두려움은 어디에서 오는가?
- 나에게 절대 잊히지 않는 아픈 기억이 있는가?
- 나는 왜 그때 눈물이 나고 말문이 막혔을까?

- 나는 왜 새로운 일에 도전하지 못할까?
- 나는 돈을 어떻게 생각하는가?
- 나는 왜 마음이 허할 때 자꾸 먹을까?
- 나는 어떤 말에 감정이 욱하고 올라오는가?

의식성장 솔루션

질문하기 훈련

- 혼자만의 공간에서 잔잔한 음원을 틀어놓고 앉아 조용히 호흡에 집중한다.
- 마음이 편안해질 때 자신에게서 해답을 찾고 싶은 질문을 던진다.
- 생각을 잠재운 채 그대로 고요히 집중한다 (질문에 따라오는 답을 찾는 방법은 다음 스텝에서 안내한다).
- 답을 찾는 훈련이 익숙해지면, 어떤 상황에서도 순간적인 찰나에 질문하며 답을 찾아낼 수 있다.
- 결국 답은 내 안에 있다는 것을 알게 될 때까지 반복적으로 훈련한다.

의식성장 솔루션

글명상 훈련

- 자신에게서 답을 찾고 싶은 내면의 질문을 준비한다.
- 자신에게 다가가는 명상 안내의 QR코드를 활용해 답을 찾는 훈련을 시작한다 (첫 시작은 가이드명상이 필요하지만, 익숙해지면 혼자서도 얼마든지 할 수 있다).
- 명상 안내에 따라 떠오르는 장면과 기억을 글로 적는다.

내면 대화를 통한
질문 명상

글명상 체험 사례

사례 1. 큰 수술을 하고도 눈물 한 번 흘리지 않았던 분

- **최근에 가장 힘들었던 일을 떠올려봅니다. 그곳에 있는 자신의 이름을 부르며 들려주고 싶은 이야기들을 들려줍니다.**

여러 번 수술 후에 또다시 문제가 생겨 수술하고 있는 나의 모습입니다. 급하게 한 수술로 전신마취 대신 부분마취를 한 탓에 아픔이 고스란히 느껴집니다. 나의 오른쪽 가슴에서 보형물을 들어올리고 세척합니다.

너무 무서워 손을 움켜쥐며 온몸이 긴장 속에 있던 ○○야, 혼자 둬서 미안해. 왜 그때 울지 않았니? 그렇게 아프고 무서웠으면서 왜 괜찮다고 말하는 거야?

눈물이 하염없이 흐릅니다. 치료를 시작하면서 한 번도 울지 않은 내가 울고 있습니다. 머리와 속눈썹까지 다 빠진 채 모자를 눌러쓰고 있는 나를 봅니다. 한 번도 보지 못한 처량한 내 모습이 보입니다.

병원이 더 편했던 나, 혼자서 걷고 있는 내 모습, 혼자만 겪어야 했던 고통….

○○야, 이제 다 끝났어. 괜찮아, 진짜 괜찮아.

○○야, 무섭지 않았다고, 하나도 안 떨렸다고 말하고 있는 너를 대신해 울고 싶어서 마음껏 소리 내어 운다.

괜찮아~ 울어도 괜찮아. 두려워도 괜찮아.

아이들과 헤어지지 않아. 너의 사랑하는 가족들이 널 지켜줘.

○○야, 넌 사랑받기 위해 태어났어.

사랑해. 너의 몸과 너의 모든 걸 사랑해.

사례 2. 자신의 상처를 자각하지 못하고 욱하는 감정을 느끼셨던 분

- **어릴 적 가장 나를 힘들게 한 기억은 무엇인가요? 그곳에 있는 자신의 이름을 부르며 들려주고 싶은 이야기를 들려줍니다.**

나는 지금 초등학교 저학년의 모습입니다.

화가 나 있는 나를 보고 있습니다. 너무 화가 많이 납니다.

어렸을 때 우리 집은 중국집을 하고 있었습니다.

그런데 아버지가 나보고 도와달라고 하십니다.

너무도 하기 싫었습니다. 왜 싫었을까? 질문해봅니다.

어린아이가 저 구석에서 울고 있습니다. 힘없는 나는 아버지의 폭력으로부터 어머니를 지키지 못한 마음에 견딜 수 없이 화가 났습니다. 내가 너무 많은 것을 바라는 건가? 앞으로는 아무것도 바라지 않을 거야!

그래도 바뀌는 건 없습니다. 아무것도 할 수 없는 나 자신이 너무 싫습니다. 너무 화가 납니다.

- **눈을 감고 떠오르는 장면에 있는 나에게 위로해주고 싶은 이야기를 글로 표현합니다.**

○○야, 괜찮아. 그때 넌 너무 어렸어. 너의 잘못이 아니야.

아빠로부터 엄마를 못 지킨 것 때문에 화가 많이 나 있구나.

아무것도 할 수 없는 너 자신이 너무 한심하구나.

괜찮아, 정말 괜찮아. 그때 넌 네가 할 수 있는 모든 것을 다 했어.

그것만으로도 충분히 잘한 거야. 이제 너무 힘들어하지 않아도 돼. 괜찮아~.

장면과 감정을 글로 표현한다는 것은 아카식 레코드(Akashic Records, 시공간에서 발생한 모든 생각, 행위, 감정, 경험들이 에너지 형태로 기록된 것. 우주의 모든 사건과 지식의 기록 저장소)의 기록을 오픈하고 있는 차원에 진입하는 것과 비슷한 효과를 가져옵니다. 이제 당신에게 필요한 것은 지혜의 문을 여는 훈련을 시작하는 것입니다. 시간을 내어 고요와 침묵 속에서 자신에게 집중해보길 바랍니다. 이제부터 기억 속의 에너지를 불러와, 내면의 안내자가 상황의 의미를 알려줄 수 있도록 더 높은 의식의 차원으로 향하는 훈련을 시작해봅니다.

STEP 3. 에너지샤워 명상

이제 진정한 내적 탐구를 위해 마음 너머를 바라볼 수 있는 훈련을 해야 합니다. 마음은 출렁이는 파도와도 같아요. 큰 파도가 몰아쳐도 우리는 수심 깊은 곳에서 평온의 상태로 지나가는 파도를 바라볼 수 있는 힘을 길러야 합니다. 만약 마음 차원에서 멈추게 된다면, 마음에 상처를 입고 어려움에 부딪힐 때마다 본질은 해결하지 못하고 마음만 맴돌게 될 것입니다.

평생 이 작업을 할 것이 아니라면 더 깊은 내면으로 들어가는 작업을 시작합니다. 꾸준한 훈련을 통해 당신이 존재하는 이유를 깨닫고 삶을 대하는 태도가 변하기를 기대합니다. 이제 본질적 깨달음으로 삶의 지혜를 얻기 위해 내면 안내자와 접속할 준비를 해보겠습니다.

에너지샤워 명상 훈련

명상 QR코드의 안내에 따라 에너지샤워 명상 후에 내면 안내자에게 본질적 깨달음을 요청한다.

에너지샤워 명상은 하루 일과를 마치고 샤워를 하면 개운함을 느끼는 것과 같은 원리이다. 마음의 부딪힘과 에너지 교류에 있는 현실의 차원에서 명상으로 에너지샤워를 하는 것이다. 에너지샤워는 새롭고 긍정적인 에너지를 받을 수 있는 준비 단계로, 내가 던진 질문에 대해 한층 명료한 답을 들을 수 있게 해준다.

내면 안내자에게 요청하기

- 가슴 깊은 곳에 신성한 영혼이 자리 잡고 있다고 느껴보자.
- 가슴과 교감하며 잠시 고요함에 머문다.
- STEP 1, 2에서 느꼈던 감정과 상황들을 통해 나는 어떤 삶을 살고 싶었는지 질문한다.
- 그로 인해 내가 행동해야 할 것은 무엇인지 질문한다.
- 내적 성장을 위해 떠오르는 질문들이 있다면 영혼을 향해 질문해보자.
- 침묵과 고요 속에서 '나는 나의 지혜를 발견할 수 있다'라고 내적 선포를 한다.

※ 위의 내용은 가이드 명상 안내에 친절히 안내되어 있습니다.
이 책을 쓰고 있는 나와 함께 공명하며 성장하길 영혼을 담아 기원합니다.

에너지샤워 2 명상

에너지샤워 실제 상담 사례

사례 1. 에너지 정화가 시작된 몸의 반응을 온전히 느끼며 에너지샤워를 하신 분

(명상 중에 몸에서 일어나는 반응은 막혀 있던 에너지들이 정화되고 온전히 흘러야 할 곳으로 흐르기 시작할 때 일어나는 하나의 변성 과정입니다. 이를 느끼는 반응은 사람마다 다릅니다. 한 가지 명심할 것은 여기에 집착하면 안 된다는 것! 집착은 또 다른 마음을 불러오기 때문입니다. 우리가 집중해야 할 것은 오로지 내면을 향한 사랑임을 명심하세요.)

몸에 힘을 빼고 이완시키면서 몸을 회전했습니다. 아무 생각 하지 않고 제 몸의 회전에만 집중했습니다.
몸이 회전하니 심장 박동이 점점 커졌습니다. 처음에는 몸이 회전했다가 멈췄다가, 방향이 바뀌었다가, 고개가 끄덕여졌다가… 불규칙한 에너지의 흐름이 보였습니다. 그래도 계속 아무 생각 하지 않고 에너지에 몸을 맡겼습니다.
어느 순간 몸이 크게 회전하기 시작했습니다. 한 방향으로 일정하게… 상체가 바닥에 닿을 만큼 아주 크게 회전하기 시작했습니다. 눈앞에 아름다운 보랏빛 파장이 춤을 추기 시작했고, 상체 회전은 주체할 수 없을 만큼 점점 더 커졌습니다. 선풍기를 제 얼굴 쪽으로 틀어놓고 명상을 시작했는데, 어느 순간 선풍기 바람이 제 왼쪽 귀로, 제 뒤통수로 옮겨가기 시작했어요. 선풍기는 분명히 고정되어 있었거든요.
제 상체가 크게 회전하면서 앉은자리에서 서서히 돌고 있다는 걸 알아차렸습니다. 선풍기 바람이 아니었다면 제가 앉은자리에서 360도 회전하고 있다는 걸 못 느꼈을 거예요. 눈을 감고 있어서 방향 감각이 없었습니다.
제 몸 전체가 조금씩 방향을 틀면서 상체는 계속 회전하며 앉은자리에서 한 바퀴를 빙 돌았습니다. 처음 앉았던 방향으로 돌아올 때쯤 붕~ 뜨는 느낌이 들면서 상체가 너무 크게 회전해서 한쪽으로 넘어갈 것 같았습니다. 명상을 하면서도 내가 지금 돌고 있구나 생각했고, 너무 신기했습니다. 더 신기하게도 360도 돌고 나니까 상체 회전이 딱 멈추었습니다.
그리고 갑자기 눈물이 났습니다. 정말 아무 생각도 하지 않았고 슬픈 마음이 든 것도 아니었는데 이유 없이 눈물이 주르륵 흘렀어요. 왜 눈물이 나지? 싶으면서 뭔가 감정이 북받쳐 살짝 흐느꼈습니다. 정말 신기했어요. 눈물을 흘리고 나서는 보랏빛 파장들이 조금 더 밝아졌습니다. 연한 핑크색으로 밝아졌다가 다시 보랏빛으로 돌아왔습니다.
그렇게 명상을 마무리했습니다. 1시간이 흘러 있었습니다. 눈을 뜨고 제가 겪은 에너지와 눈물에 많이 당황스러워하며 한참을 멍하니 누워 있었습니다. 하지만 힘들거나 부정적인 게 아니라 정말 평온하고 안락한 에너지였습니다. 몸이 그렇게 많이 회전했는데도 허리가 아프거나 다리가 불편하지도 않았습니다.
마이트리 님의 에너지샤워 솔루션 덕분에 제 에너지를 마음껏 느껴볼 수 있는 시간이었습니다.

사례 2. 부모님과의 갈등에서 자유로워지고 싶으셨던 분

어두운 터널을 지나고 빛이 보이는 곳을 지나 하얀 방을 갔다가 다시 어두운 터널을 지나 어릴 적 나를 혼내며 화가 나 있는 엄마를 봅니다. 지금의 내 나이쯤 되었을 엄마에게, 다른 이들 신경 쓰느라 힘들었을 엄마에게 "괜찮아요, 아무 일도 일어나지 않아요~" 하고 위로를 건네봅니다.
뜨거운 눈물이 흐릅니다. 괜찮다고, 내가 있다고 위로를 건네며 토닥토닥 안아줍니다. 그 시절 나보다 더 의지할 곳 없었던 엄마, 남편 때문에 하루도 편할 날 없었을 엄마의 마음을 이해하며 진정으로 위로를 전해봅니다.
그리고 만난 아름답고 위대하며 반짝이는 광채를 가진 엄마의 영혼. 나에게 가르침을 주고자 희생으로 악역을 자처했던 그 영혼이 나에게 이야기합니다.

"미안하다, 용서해다오. 고맙다, 이렇게 잘 자라주어서…. 모든 것이 너의 성장을 위한 것이었단다."
그동안 과거 나의 상처라고 생각했던 것들이 한순간에 이해가 되며 모두가 사랑이었음을 가슴 깊이 느낍니다.

더 높은 의식으로 내면과 소통하다

나는 이 작업을 시작할 때쯤 시행착오를 겪었습니다. 내 안에 자리 잡고 있는 마음에 질문하다 보니 또 다른 마음이 답을 가져다준 것입니다. 어제와 오늘 마음이 다르기에 나의 내면은 매번 다른 답을 가져다주었습니다. 마음보다 더 깊은 뜻을 발견해야 한다는 사실을 알아차리고 더 깊은 명상 상태가 되어 안내자에게 요청하는 방법을 스스로 터득하기 시작했습니다. 그 과정에서 에너지 정화가 필요하다는 것을 알았고, 높은 의식을 향해 내면과 소통해야 한다는 것을 깨달았습니다. 그리고 원하는 성장에 다다를 때까지 충분한 시간을 할애하여 내면에 열정과 에너지를 집중했습니다.

나 또한 내가 쏟은 열정만큼 지혜를 얻기 시작했습니다. 나는 꾸준한 집중을 통해 높은 에너지장에 접속하여 내면 안내자로부터 받은 삶의 지혜와 의미들을 글로 적어 내려갔습니다. 그렇게 현재의식에서는 알 수 없는 질문의 답을 얻게 되면서 일상에 변화가 일어나기 시작했습니다. 당신 역시 상처와 시련 안에서 지혜를 얻었다면 세포에 기록하듯 그 지혜를 글로 기록하고, 소리 내어 읽어보길 바랍니다. 글 명상 스텝을 반복적으로 훈련하면 무의식에 있는 지혜를 온전히 당신 것으로 만들어내는 힘을 발휘하게 됩니다. 그 힘은 인생에서 꼭 필요한 시기에 놀라운 기지를 발휘하게 될 것입니다.

명상에는 그 어떤 틀이 없습니다.
올바른 명상도, 잘하는 명상도 존재하지 않습니다.
내면을 향해 자신을 마주하는 모든 작업이 명상의 시작입니다.

기억 속의 자신을 바라보며 적은 글을 소리 내어 읽어보세요.
명상 안내에 따라 눈을 감고 자신을 바라보며
가슴에서 우러나오는 격려와 위로를 해보세요.
이는 마음의 문을 열어주는 열쇠가 되어줍니다.

이 작업이 끝났다면 많은 감정이 올라올 것입니다.
그 감정들을 글을 통해 표현하고 소리 내어 읽음으로써
에너지가 흐를 수 있도록 길을 열어주세요.
마음은 이완되고, 더 깊은 내적 탐구가 시작됩니다.

내담자들이 가끔 나에게 건네는 질문이 있습니다.
"어떻게 하면 평온 속에서 그런 통찰력이 나오나요?"
나는 매일 밤 하루를 돌아보며 위의 방법으로 정화 과정을 거쳤고,
그 결과 내면과 소통하는 방법을 알게 되었습니다.
생각에서 끝나는 것이 아니라, 눈을 감고
내면을 바라보는 명상을 매일 꾸준히 한 것밖에 없습니다.

의식성장 솔루션

글명상 STEP 워크북

[STEP 1. 질문] 스스로 답을 찾을 수 있는 힘을 기르는 질문하기

내 삶에 일어난 일이나 주체할 수 없는 감정의 원인을 찾고 싶다면, 자신의 이름을 부르며 질문해봅니다. 아래 나만의 질문 리스트들을 적어봅니다.

〈예시〉

- ○○야, 그때 그 말을 듣고 왜 억울한 감정이 올라왔을까?
- ○○야, 지금 너에겐 어떤 용기가 필요하니?
- ○○야, 왜 그때 눈물이 나고 말문이 막혔니?
- ○○야, 새로운 일에 도전하지 못하는 기억 속 두려움은 무엇이니?

[STEP 2. 글명상] 자신에게 다가가기

다음 명상 안내에 따라 떠오르는 장면과 자신의 이름을 부르며 그때의 감정을 그대로 글로 적어봅니다.

〈예시〉

- 나는 그곳에서 ~~을 하고 있다. 그곳에 있는 나는 한없이~~
- ○○야, 홀로 무서움에 떨고 있는 ○○야, 외로움과 어떤 감정을 느끼고 있는 ○○야~

위로 명상

[STEP 3. 에너지샤워 명상] 본질적 깨달음 요청하기

다음 명상 안내에 따라 자신에게 아낌없는 위로와 격려를 보냅니다.

그 안에서 배움을 찾겠다는 의지를 가지고 열린 상태로 자신에게 다가갑니다.

〈예시〉

- 이완된 상태에서 나는 평상시 느끼지 못했던 평온함을 느꼈다. 그 속에서 내가 경험한 감정과 삶과의 관계 안에서 무엇을 배워야 한다는 것을 알게 되었다. 그로 인해 나는 어떤 삶을 살고 싶고, 어떤 사람이 되고 싶은지 생각해본 시간이었다.
- 나는 항상 마음을 열고 성장할 수 있는 나만의 깨달음을 찾을 것이다. 그렇게 지혜를 쌓아 내적 성장을 이룰 것이다.

에너지샤워 명상

[STEP 4. 본질적 깨달음] 내가 나에게 들려주고 싶은 이야기

원하는 나의 모습을 그려보고, 이미 그 모습으로 변화된 나를 상상하며 과거의 나 또는 현재의 나에게 들려주고 싶은 이야기를 적어봅니다 (원하는 삶을 살고 있는 미래의 내 모습을 상상해도 좋습니다. 또는 상처를 극복한 지금의 내가 과거의 나에게 들려주고 싶은 이야기를 적어도 좋습니다).

〈예시〉

- 한없이 힘들어서 외로움에 지쳐 있었지만 괜찮아. 몇 년 후의 너는 누구보다 자신감이 넘치며 얼굴에는 항상 미소가 가득한 삶을 살고 있지. 지금 네가 흘리는 눈물은 한 알의 씨앗이 땅속 깊이 뿌리 내릴 수 있게 지켜주는 거름이란다. 그러니 충분히 힘들어해도, 슬퍼해도 괜찮아. 어차피 너는 충분히 일어서고, 충분히 행복한 삶을 살고 있을 테니.

지혜의 메시지 명상

CHAPTER THREE

내면 안내자로부터 온 지혜의 메시지

나의 글명상 이야기

"내면을 들여다보는 힘을 기르면

그 어떤 것도 콤플렉스가 될 수 없습니다."

나는 이제 높은 의식의 메시지를 전달하기 위해 내 삶에서 시련이라고 생각했던 상황과 그때의 마음 상태를 책을 통해 전달하고자 합니다. 나의 경험이 누군가에게 희망이 될 수도 있기 때문입니다. 아무리 힘든 시련이 닥친다 해도 당신이 살아야 하는 데는 그만한 이유가 존재합니다. 내면에 귀를 기울여 당신이 자신에게 진정으로 들려주고 싶은 이야기가 무엇인지 꼭 들어보시기 바랍니다.

나는 명상을 안내받는 분들에게 그들의 이야기가 온전히 담긴 '나를 알아가는 기쁨'이라는 책을 선물합니다. 그들의 성장된 의식을 글로써 확인하여 더 성장할 수 있음을 알려주는 나의 보답입니다. 또한 그들이 다른 누군가에게 희망을 전달해줄 수 있는 기록이기도 합니다.

나 역시 이 책을 읽는 모든 분들에게 희망이 전달되기를 기원하며,

내가 적고 읽으며 글명상 훈련을 했던 나의 기록을 이 책에 소개하고자 합니다.

다음의 글들은 지극히 개인적인 나의 이야기입니다. 내 마음작용이 어디서부터 비롯되었고, 어떻게 의식 차원으로 성장하고 변화시킬 수 있을지 찾기 위해 끊임없이 내면을 바라보는 훈련과 글명상을 실천했습니다. 그 결과 내면 안내자를 통해 얻은 지혜의 메시지를 여기에 함께 공개합니다. 비록 내면 깊은 곳에서 나를 통해 나온 말이지만, 참고해 읽는 것만으로도 당신의 내적 탐구 훈련에 많은 도움이 될 것이라 확신합니다. 내면의 안내자인 신성이 이끄는 대로 적어내려간 지혜의 메시지를 참고해 일상과 영적 성장은 항상 공존하고 있음을 느껴보시길 바랍니다.

나의 이야기 1

가족으로부터 마음의 상처를 입었다고 생각했던 나

나는 자살을 꿈꾸는 소녀였습니다.

하늘에 기도하며 제발 나를 데려가달라고 빌고 또 빌었습니다. 어린 시절 나에게 가족은 늘 불안하고 위태로웠고, 성인이 되어서는 가족이란 존재가 나의 발목을 잡는 원수 같았습니다. "세상에 돈이 전부가 아니야! 네 엄마는 돈만 밝히는 여자야!" 아버지가 매일같이 하시는 말씀이었어요. 하지만 돈을 지급하지 않는 업자들로 인해 아버지는 매일 술을 드셨고, 술에 취해 내뱉는 거친 말과 행동은 남은 가족들이 고스란히 감당해야 할 몫이었습니다.

내 눈에 비친 엄마는 한없이 안타깝고도 답답한 사람이었습니다. 어느 날 부부싸움 도중 칼부림이 난 것을 본 순간 나는 엄마의 목숨을 지켜야겠다는 생각과 동시에 아버지에 대한 극도의 원망이 마음속 깊이 새겨졌습니다.

성인이 되어 부모에게 받은 상처로부터 벗어나기 위해 심리상담을 받았습니다. 가족에게도 권유하며 치유를 위해 노력했지만, 아쉽게도 결국 사람은 변하지 않는다는 결론만 확인한 채 상처의 골은 더욱 깊어졌습니다.

이러한 기억 때문에 '가족'이라는 단어를 들으면 상처 입은 마음이 자동으로 튀어나왔습니다. 부모님을 향한 원망, 죽음으로 그 두려움에서 벗어나고픈 마음이 동시에 떠오릅니다. 가정불화 속에서 외면받던 아이는 자신의 존재를 죽음으로 증명하고 싶어 합니다. 그렇게 인정받고 싶어 하는 마음이 내 안에서 자라기 시작했습니다.

가족에 대한 기억을 통해 나에게 어떤 마음이 존재하는지 자세히 들여다보기 시작하자 비로소 보이는 것들이 있었습니다. 그 마음들이 지금까지 나에게 어떤 영향을 주고 있었는지 알게 되었습니다. 가장 큰 영향을 준 것은 나의 결혼생활이었습니다. 아버지와는 전혀 다른 모습의 남편상을 그려놓고는 남편이 그 틀에서 벗어나면 화를 내며 공격적으로 반응했습니다. 온갖 억지를 대서라도 남편을 내 뜻대로 휘두르고 싶어 했지요. 내면을 들여다보는 명상을 통해 내 반응이 어디로부터 비롯됐는지 비로소 알아차렸습니다. '아, 나를 보호하기 위해 이렇게 공격적이고 방어적인 대화를 했던 거구나!'

또 아이들을 나처럼 자라게 하지 않겠다고 결심한 만큼, 나를 희생하며 아이들을 잘 키우고 있다고 생각했습니다. 희생정신으로 포장한 채 엄마의 자리에서 보상을 바라고 있었던 것이지요. 그렇게 기억 속 마음들은 자신을 학대하도록 세상의 구석으로 나 자신을 몰아넣고 있었던 것입니다.

내면을 관찰하며 알아차린 것은, 마음은 자신을 보호하고자 나에게 성향과 성격이라는 색을 입힌다는 것입니다. 자라온 환경으로 성격을 결정 짓고, 삶을 대하는 태도에는 본질적인 성향이라는 색을 입혀 그런 나를 당연시해왔습니다. 성격과 성향이 그러니 너는 변할 수 없다고 스스로를 세뇌시키고 있었습니다. 여기로부터 자유로워질 수 있었던 것은 나의 신비 체험이 아니라 글명상 덕분이었습니다. 글명상을 통해 끊임없이 내면으로 들어갔고, 명상으로 의식이 성장하면서 나도 변화할 수 있음을 일상을 통해 하나하나 증명해나갔습니다.

내적 관찰이 깊어진 어느 날, 가족에 대한 나의 질문에 명쾌한 답이 떠올랐습니다. '가족이라는 기억을 통해 나는 어떤 지혜를 얻고자 하는가?' 깊은 명상 속에서 높은 의식을 통해 내면의 안내자가 이끄는 대로 글을 적어 내려가기 시작했습니다. 그 내용은 원가족을 바라보는 나의 태도를 변화시켰고, 현재의 가족을 위해 중심을 잡는 데 큰 도움이 되었습니다. 나는 원가족에 대한 기억이 현실에 영향을 줄 때마다 반복적으로 글을 읽었습니다.

메시지에 담긴 지혜가 내게 자유와 안도감을 가져다주긴 했지만,

한결같지는 않았다는 이야기를 꼭 전달하고 싶습니다. 현실에서 가족과 부딪힐 땐 여지없이 과거의 마음이 올라왔기 때문입니다. 그럼에도 나는 포기하지 않았습니다. 감정이 흔들리고 가족으로부터 힘든 감정이 올라올 때마다 내가 적은 지혜의 메시지를 읽고 또 읽기를 반복하며 내적 탐구를 멈추지 않았습니다. 마음의 격려가 필요할 때 따뜻한 글귀와 책을 통해 위로받듯, 나의 내면에서 우러나온 글을 통해 성장하는 시간을 가진 것이지요. 성장은 무한 훈련 속에서 이루어집니다. 이 글을 읽는 당신 역시 자신만의 지혜가 담긴 메시지를 적어 힘이 들 때마다 그 메시지를 꺼내 읽어보길 바랍니다. 지혜의 메시지를 적었던 그 순간과 공명하여 마음이 평온해지는 순간을 경험할 것입니다.

이제 나에게 가족이란, 나를 성장시켜주는 또 다른 존재의 내 모습입니다. 어린 시절 나의 세포는 상처로 얼룩진 가족의 모습을 기록했지만, 이제는 그 모든 것을 이해하고 해소함으로써 어두웠던 기억의 세포가 밝은 빛이 되어가고 있습니다. 그리고 한 가정의 중심에 있는 나는, 아이들과 남편에게 자유를 선물해주기 위해 노력합니다. 내 마음이 말과 행동이 되어 가족에게 가시가 되지 않도록 지금도 내 마음은 늘 나의 내면을 향하고 있습니다. 다시금 옛 감정이 올라와 상황을 내멋대로 통제하려 할 때, 내가 나에게 건네준 지혜의 메시지를 읽기 시작합니다.

지혜의 메시지 – 가족으로부터 마음의 상처를 입은 당신에게

사랑하는 나의 아이야, 그곳에서 울고 있는 나의 아이야, 가슴 깊은 곳 상처로 얼룩진 나의 아이야, 사랑한다. 아낌없이 사랑한다. 끊임없이 사랑한다. 사랑하고 또 사랑한다. 진정으로 너를 사랑하니 들으라. 눈과 귀가 아닌 마음을 열어 가슴으로 들으라. 어린 시절의 가정환경으로 많은 것을 원망했던 시간들이 너의 무엇을 깨웠느냐? 가족과의 관계는 너에게 어떤 의미인가? 부모, 형제, 자매, 그 울타리는 너에게 어떤 배움을 가져다주었는가? 상처받았는지도 모른 채 새로운 가족에게 그 상처를 되풀이하고 있지는 않은가? 그들이 어리석다며 훈계하는 자리에 있지는 않은가? 아니면 상처를 치유하기 위해 끊임없이 공부하고 있는가?

사랑하는 아이야, 너희는 삶의 흐름 속에서 꾸준히 치유되어왔다. 자신이 치유되는지도 모르는 사건과 만남 속에서 치유 과정이 일어나고 있다. 지금 네가 이곳에 있음이 그것을 증명한다. 홀로 어둠 속에서 눈물을 흘리며 통곡이 가슴에 메아리치고 있을 때! 자녀를 보며 알 수 없는 분노의 감정이 올라올 때! 부모를 향해 느닷없이 원망의 소리가 나올 때! 배우자와의 관계가 힘들어질 때! 그 모든 것들이 치유이며 널 위한 것이다. 그 모든 과정이 지금 너를 이곳으로 안내한 것이다.

그 삶의 과정 안에 무엇이 깨어났는가? 어떤 배움을 느꼈는가? 네 안에 숨겨져 있던 마음의 기억들이 치유를 통해 드러나고 있음을 자각해야 한다. 그 모든 것들이 치유의 과정임을 자각해야 한다. 흘러가는 하나의 감정으로 여기지 말아야 한다. 자신이 치유되고 있음을 느끼기 시작하는 자각은 많은 변화들을 가져오기 때문이다.

홀로 어둠 안에서 눈물을 흘리고 있을 때, 세상 사람들이 너의 이야기를 들을 준비가 되어 있음을 믿어라. 자녀를 보며 알 수 없는 분노의 감정이 올라올 때, 내면의 상처받은 아이가 자신을 돌봐달라고 소리 내고 있음을 알아차려라. 부모를 향해 갑작스러운 원망의 목소리가 나올 때, 상처받은 아이가 울부짖으며 진정한 나의 삶을 살아갈 거라고 스스로에게 선포하는 것임을 믿어라. 그리고 이제 그들을 사랑해야 한다. 그렇게 천천히, 누군가는 빠르게 그들을 이해하게 되었다면 알기 시작한 것이다. 가슴보다 머리가 먼저 이해하기로 마음먹었다 하더라도 알기 시작할 것이다. 삶에 대한 방향성을 가족을 통해 배운다는 것을.

그렇게 깨어나기 시작한다. 원망하는 대상을 통해 깨어나기 시작한다. 시련인 줄 알았지만 축복이었음을 알기 시작한다. 너희에게 상처를 주는 이가 있다면 너를 지극히도 사랑하는 것임을 알아야 한다. 너를 힘들게 하는 이가 있다면 그 안에 무한한 사랑이 너를 배움으로 안내하고 있다는 것을 알아야 한다. 각자의 역할 너머의 모습을 발견하기 위해 그들을 바라보는 나의 시선만을 의식해야 한다. 오로지 자신만을 바라봐야 한다. 네가 그들을 원망의 시선으로 바라보는가? 네가 그들에게 기대하는 무엇이 있는가? 가족을 무엇으로 생각하며, 어떤 느낌으로 대하고 있는가? 그렇게 온전히 자신만을 바라봐야 한다.

사랑하는 아이야, 자신만을 바라보는 것은 이기적인 것이 아니다. 내 생각을 읽을 수 있는 힘! 내 느낌을 조절할 수 있는 힘! 모든 것이 나에게 달렸음을 아는 것이다. 그러면 보일 것이다. 사회가 만들어놓은 관념들, 역사가 만들어놓은 기대치, 그런 모든 시선들을 나에게 돌렸을 때, 자신을 위해 그리고 가족을 위해 해야 할 일이 있다. 온전한 어머니상을 기대하지 말아야 한다. 정직한 아버지의 모습을 기대하지 말아야 한다. 서로에게 힘이 되어주는 형제, 자매의 모습을 기대하지 말아야 한다. 네가 아는 것을 그들도 알기를 바라지 말아야 한다. 변화하는 것은 온전히 '나'뿐이다. 이 가르침을 위해 가족이 있으며, 네가 있기 위해 가족이 있는 것이다. 그들을 바라보는 시선이 원망에서 사랑으로 변한다면, 그들은 변하지 않았지만 변할 것이다. 스스로 정화되었음을 알게 될 것이다. 치유의 힘으로 세상을 바라보는 관점이 달라졌다고 하여 그들에게 강요하지 말아야 한다.

명심해라. 지금의 우리를 있게 해준 가족은, 네가 생각하는 딱 그만큼 보여진다는 사실을! 네가 어떻게 보는지에 따라 가족의 의미가 달라질 것이다. 그러니 이제 너 자신을 알아야 한다. 이제는 온전한 너만의 삶을 살아야 한다. 그들의 짐을 네가 안고 갈 필요가 없다. 부모의 빚을 자식이 갚아주는 것이 자식의 도리라고 생각하는가? 자식의 미래를 위해 부모가 유산을 물려주는 것이 부모의 도리라고 생각하는가? 그것은 너무도 잘못된 생각이다. 부모와 자식 모두 서로의 삶에 자유를 허락하라. 마음의 요동을 바라볼 수 있는 힘을 길러줄 수 있는 가장 강력한 훈련은 역시 가족이다.

사랑하는 나의 아이야, 이제는 너의 삶을 살아라. 자유로움 안에서 너만의 삶을 살아라. 그 안에 물결치는 감정들은 소중한 것이다. 그것을 두려워하지 말아라. 기꺼이 경험하라. 너의 삶을 살며 부딪히는 모든 문제들은 어느 누구의 잘못도 아님을 알아야 한다. 너의 모든 아픔들을 사랑할 수 있을 때까지 너를 사랑하고 또 사랑하라.

나의 이야기 2

부자가 되고 싶었지만 늘 가난을 부르고 있었다

"수업 시간에 집중해서 듣는 것 같은데 성적은 왜 이 모양이지?"

고3 시절 담임 선생님이 하신 말씀입니다. 아무리 졸려도 수업 시간에는 정신을 바짝 차리고 앉아 있었습니다. 고등학교를 다니면서 한 번도 등록금을 낸 적이 없는 나는 성적은 늘 꼴찌를 맴돌았지만 태도만큼은 모범적이었습니다. 가정형편이 어려운 불우 학생으로 등록되면서부터 수업 시간에 딴짓한다는 것은 생각도 못 했습니다. 어린 시절 나의 불행은 가난 때문이라고 생각했습니다. 당연히 돈이 있었다면 행복한 아이가 되었을 거라고 생각했지요.

성인이 되어 다양한 사업에 도전했지만, 결과는 모두 참담했습니다. 빚은 더 늘어만 갔고, 급기야 나는 돈과 인연이 없는 사람이라고 생각했습니다. 성장하며 돈에 대해 느낀 것은 뼈 빠지게 일해도 골병만 든다는 것이었습니다. 행운들이 교묘하게 나를 비껴가는 듯했고,

'돈'이라는 단어를 듣는 순간 '실패'라는 단어도 함께 떠올랐습니다. 돈은 성실하게 벌어 아껴 써야 하는 것으로 여겼고, 가정의 평화는 돈으로부터 온다는 관념 또한 갖고 있었습니다.

내가 돈을 대했던 태도를 보면, 돈을 사용할 때마다 행복을 잃어버리는 것 같았습니다. 항상 부족하다는 느낌이 있었기 때문인데요. 이 말은 지금의 행복을 누리지 못했다는 의미이기도 합니다. 늘 돈이 부족하다고 생각하며 살았기 때문입니다. 나는 돈을 즐겁게 사용하는 법을 알지 못했습니다. 돈을 사용함으로써 즐기는 기쁨을 온전히 즐기지 못했습니다. 또 아이러니하게도 돈을 기분대로 사용하여 마음의 헛헛함을 채우기도 했습니다. 충동적인 구매를 통해 공허한 마음을 물건으로 채우려 한 것입니다.

돈을 대하는 나의 태도에서 양면성을 알아차렸습니다. 이런 태도는 나의 어떤 기억에서 형성되었을까? 내면에 질문하니 그 뿌리들이 하나씩 모습을 드러냈습니다. 돈을 많이 벌기 위해서는 행복과 시간을 포기해야 한다는 기록이 담겨 있었던 것이지요. 행복은 돈으로 살 수 없다는 믿음이 있었지만, 돈과 행복은 현실과 직결된 문제임을 외면하고 있었습니다. 세상에 공짜는 없다는 이야기와 받은 만큼 갚아야 한다는 이야기들이 기억에 기록되어 내 마음을 형성하고 있었습니다. 내가 얻는 모든 것은 언젠가 갚아야 하는 것이기에 받는 것이 두렵고 오히려 나눠주는 것이 더 편안한 마음 상태를 가져왔습니다.

또 성실히 일하고, 집 장만을 꿈꾸며, 사회에서 정형화된 삶을 사는 것이 윤택한 것이라는 생각들이 심어져 있었습니다. 그 생각들은 나에게 반발심을 일으키는 마음 상태를 만들어냈습니다. 누구보다 성실했고, 작은 집 한 채 갖는 것이 꿈이었던 부모님은 행복하지 못한 삶을 살았기 때문이지요. 돈에 대한 기억은 이렇듯 나의 마음속에 양면성을 기록해나가고 있었던 것입니다.

돈은 자신의 능력을 증명하는 것과도 같습니다. 돈을 바라보는 태도는 내 능력을 어떻게 생각하고 있는지 알 수 있는 도구가 됩니다. 돈을 벌 수 있는 방법에 대해 나 스스로 한계를 만들어놓고 있다는 사실도 깨달았습니다. 그로 인해 내 안에 있는 무한한 잠재능력을 사용하지 못한 것입니다.

내가 경제적 자유에 대한 의미를 제대로 이해하기 시작한 것은 내 기억 속 돈의 기록을 파헤치고 나서부터입니다. 그리고 이해를 넘어 이를 활용하기 시작한 것은 다차원의 경험을 통해 배운 것을 현실에서 사용하는 법을 익히고 나서부터였지요 (이 방법은 행동 지침에 대한 훈련이 진행될 때 자세히 설명하도록 하겠습니다). 기억 속에 돈에 대한 어떤 마음이 기록되어 있는지 제대로 이해해야만 정화가 이루어지고 변화를 가져올 수 있습니다.

당신의 기억 속에는 돈을 벌기 위해 무엇을 해야 한다고 기록되어 있나요? 그로 인해 어떤 마음 상태를 불러오나요? 그리고 돈을 사용할 땐 어떤 태도로 사용해야 한다고 생각하나요? 돈에 대한 현재 마음의 기록이 지혜의 기록으로 바뀌지 않는다면 지금의 경제 패턴이 끊임없이 되풀이될 것입니다. 마음 습관을 바꾸는 것이 쉬운 일은 아니지만, 누구나 훈련을 통해 바꿀 수 있습니다. 당신의 마음이 그저 내면으로 향하기만 하면 됩니다.

나 또한 무수한 훈련의 결과 많은 경제적 변화를 경험했습니다. 대표적인 것은, 돈이 가정의 평화를 담당하지 않는다는 사실을 깨달은 것입니다. 돈을 벌 수 있는 방법에 대해서도 한계를 두지 않았습니다. 결정적으로 돈이 아닌 진정 내가 하고 싶은 일과 소명을 찾아냈습니다. 돈에 끌려다니지 않고 내가 중심이 되어 필요한 모든 것들이 스스로 찾아올 수 있게 하는 지혜를 습득한 것입니다.

당신도 경제적인 자유를 얻어 즐기는 일을 하고 싶다면 지금 당장 내적 탐구를 시작하세요. 돈이 당신의 자유를 결박하지 못하도록 마음의 주인이 되기로 결심하세요. 그럴 때 당신은 경제적 자유뿐 아니라 마음의 자유도 얻을 수 있을 것입니다. 그럼에도 끊임없이 의심이 올라온다면 내면 안내자가 들려준 이야기로 다시 한 번 중심을 잡아 다시 시작해봅니다. 마음은 생각의 패턴이 변화되는 것을 싫어하고, 이미 기록된 세포에 새로운 기록을 받아들일 땐 의심하며 저항하는 상태가 되기도 합니다. 그 위기의 순간들을 지혜의 글로 중심을 잡아가며 풍요와 경제적 자유를 누리는 장면을 새롭게 심어봅니다.

지혜의 메시지 – 경제적 자유를 위해 알아야 할 우주 법칙

사랑하는 나의 아이야, 끊임없이 내어줄 준비가 되어 있는 내가 있음에도 알아차리지 못하는 나의 아이야, 가난에 대해 두려워하는 마음으로 행하는 모든 일은 가난이라는 결과를 가져온다는 것을 명심해야 한다. 가난과 돈을 원망하면, 돈이 생기는 과정에서 일어나는 모든 일에 원망이 담기기 때문이다.

꼬이고 꼬인 삶의 실타래를 풀 수 있는 건 오로지 자신뿐이다. 가난은 네가 풍요롭게 살아야 함을 알려주는 하나의 지표이다. 가난이 출발점이라면 그 목적지는 풍요로운 삶이다. 목적지에 도착하기 위해 시작점을 원망할 필요는 없다. 지금은 삶을 걸어가는 중이기에 목적지에 다다르는 과정을 원망할 필요가 없다. 그럼에도 불구하고 계속 뒤돌아본다면, 걸음걸이는 느려지고 바라보는 곳(가난)으로 다시 옮겨가게 될 것이다.

목적지에 도착했을 때의 네 모습을 상상하며 그저 한 걸음씩 앞으로 나아가라. 그 길에서 잠시 헤맨다 해도 그 시간은 다른 이들을 위해 새로운 길을 만들어주는 시간임을 알아야 한다. 그 길을 가는 다른 이들에게 안내자가 되어주기 위해 네가 먼저 그곳에서 경험하고 있을 뿐이다. 그러니 잘못된 길이란 없다. 네가 목적지를 선택하고 그 길을 향해 걷는다면 그 어떤 길이든 모두 옳다!

잘못된 길과 꼬인 삶에 대해 감사하는 마음이 올라올 때 너를 따르는 이들이 생길 것이다. 누군가에게 빛의 존재가 되어주는 것이다. 그러니 자신을 의심하는 자리를 믿음으로 채워라. 의심은 출발점으로 돌아가지만 믿음은 길을 안내해주는 다른 이들을 초대하게 된다. '그래도 내 얘기를 들어보세요! 얼마나 꼬인 인생인지'라고 생각하는 그 감옥에서 이제는 벗어나라. 진정으로 자신의 소리에 귀를 기울여라. 무엇을 원하는지, 내면 깊은 곳 나 자신에게 솔직해지는 용기를 선택하라. 부자로 살고 싶다는 내면의 강한 욕구를 알아차려야 한다. 가난이 지겨운 것이 아니라 부자로 살고 싶다는 욕구를 알아차려야 한다. 나 자신이 모든 것을 누릴 만한 존재임을 인정해야 기적이 일어난다. 늘어나는 카드빚이 괴로운 것이 아니라 마음껏 사용하고 싶은 돈의 힘을 인정해야 한다. 그것이 돈을 사랑하는 것이다. 그것이 돈과 함께하는 것이다. 그 힘을 이용하기 위해 자신의 행동을 점검하는 것이 용기이다.

자신을 바라보겠다는 용기는 너의 무의식을 알아차리게 할 것이다. 마음의 흐름을 감지하고, 그 마음을 활용할 수 있는 힘도 생기게 된다. 그 힘은 행동에너지를 사용하는 법을 알려주는 안내자가 된다. 마음 안에 간절함의 크기가 어느 정도인지 스스로에게 질문해보라. 원하는 삶을 살고 싶다는 간절함은 무엇으로 증명할 수 있는가? 간절함은 행동을 불러온다. 행동이 수반되지 않았다면 사치라는 것을 알아야 한다. 간절함을 증명하는 것은 행동이다. 행동은 창조력의 힘을 발휘한다. 행동하기 위해 육체를 사용할 수 있는 에너지를 채워야 한다. 하지만 에너지가 고갈되면 행동할 수 있는 몸은 무기력해지고 게을러진다. 무기력한 자신을 게으르다고 판단하는 생각을 알아차려야 한다.

생각에는 두 가지가 있다. 현실로 만들어낼 수 있는 창조의 생각, 생각 안에만 갇혀 있는 관념이 그것이다. 생각 안에만 갇히면 고정관념이 되어 열린 마음을 만들어내지 못한다. 무기력한 자신의 모습이 싫어지면 내면 깊은 곳에서 자신은 게으르다는 관념이 만들어진다. 자신이 싫어지면 주변에 짜증을 내거나 화가 나는 부정적인 에너지가 만들어진다. 그리고 이렇게 말할 것이다. "부자는 다른 세상에 사는 인간들이야! 나는 부자가 될 수 없어! 돈은 속물이야! 행동하며 열심히 사는데도 나는 여태 이 모양이야!" 그 관념들은 부정적인 생각들을 모으고 모아 더욱 단단한 감옥을 만든다.

우리는 누구나 풍요롭게 살 권리가 있다. 또 모든 사람은 행복할 의무가 있다. 행복은 영혼의 사랑으로 가는 통로이다. 행복하면 감사가 따라온다. 감사함을 의도적으로 찾는 것으로도 행복을 발견할 수 있다. 감사의 마음엔 많은 상황을 변화시킬 수 있는 힘이 있다. 상황을 변화시킬 수 있는 힘을 내면에 가득 채워라.

사랑하는 나의 아이야, 스스로에게 선포하라. 육체를 사용할 수 있는 에너지를 채우기 위해 자신에게 선언하라. 무기력한 나의 모습도 사랑한다고 이야기하라. 생각과 말이 새로운 에너지를 채워줄 것이다. 거울 속에 비친 눈동자를 보며 이야기하라.

"나는 풍요롭게 살기를 원한다. 지금 나의 경험들은 다른 이들을 위해 충분히 안내할 만한 새로운 경험일 뿐이다. 그 과정 안에 있는 나의 경험들이 더욱 값진 것이다. 소중한 이 경험들에 감사함을 느낀다. 나의 모든 길은 옳으며, 나는 나를 믿는다. 나는 충분히 풍요롭게 살아야 하는 존재이다."

사랑하는 아이야, 나는 항상 끊임없이 내어줄 준비가 되어 있다. 원하는 모든 것을 얻기 위해 나의 능력을 증명해 보이겠다고 선포하라. 내면의 나를 느낀다면 절대 포기하지 말고 믿음으로 풍요를 향해 걸어가라.

나의 이야기 3

외모가 뛰어나야 성공할 수 있다고 착각했다

'팔다리 없는 인생의 대표' 닉 부이치치는 다음과 같은 말을 했습니다.

"슬픔도 삶의 목적을 이루는 도구가 될 수 있음을 잊지 말라! 서글픈 감정이 일어나는 것은 지극히 자연스러운 일이지만, 그 정서가 밤낮으로 자신의 생각을 지배하도록 방치해서는 안 된다."

누구나 자신이 가진 콤플렉스가 있기 마련입니다. 콤플렉스의 사전적 의미는 '현실적인 행동이나 자각에 영향을 미치는 무의식의 감정적 관념'입니다. 그렇다면 무의식의 감정적 관념은 무엇을 의미할까요? 우리의 기억 속에 자신만의 틀을 만들어 감정이 이탈하지 못하게 만드는 것이지요. 감정적 관념으로부터 자유로워지려면 콤플렉스의 근본적인 문제를 해결하고, 이것이 나의 행동에 어떤 영향을 미치는지 하나씩 살펴봐야 합니다. 긍정적인 삶을 사는 데 스스로 장애물을 만들어낼 필요는 없기 때문입니다.

팔다리가 없는 닉 부이치치는 사지 멀쩡한 우리들보다 훨씬 자유롭게 삽니다. 이는 외모보다 마음의 콤플렉스가 삶에 더 큰 영향을 준다는 것을 말해줍니다. 그는 결혼도 했고 아이도 있습니다. 심지어 수영과 서핑도 즐기지요. 누구보다 자기 삶에 감사해하며 행복하게 삽니다. 그가 행복한 이유는 장애를 가졌음에도 자신에게 한계를 두지 않기 때문입니다. 많은 사람들은 우리가 가진 것에 감사할 줄 모릅니다. 걸을 수 있는 발과 집을 수 있는 손에 고마워하지 않지요. 우리가 당연한 듯 누리고 있는 것에 감사할 줄 알아야 마음의 장애를 이겨낼 힘을 가질 수 있습니다. 닉 부이치치는 자신의 장애에 비관하거나 좌절하지 않았습니다. 자신이 누리는 사소한 것에도 감사해했고, 단단해진 마음의 힘으로 자신의 한계를 뛰어넘어 콤플렉스를 무기로 만들었습니다.

우리는 장애를 극복할 수 있는 마음의 힘이 있는가? 진정으로 내가 가진 콤플렉스가 삶에 영향을 줄 수 있는 것인가? 자문해보아야 합니다. 그로 인해 다른 이들에게 상처받은 경험이 있다면 그 기억이 나의 삶에 아무런 영향을 줄 수 없다는 것을 자각해야 합니다. 내가 결핍이라고 생각했던 것들을 있는 그대로 인정함으로써 마음을 다독여야 합니다.

이 세상에 완벽한 사람은 없습니다. 우리는 완벽함이 아니라 유연함으로 방향을 틀어야 합니다. 콤플렉스는 마음에서부터 시작되는 것입니다. 누군가 당신을 비판했다고 해봅시다. 그의 행동을 어떤 마음으로 바라보는지에 따라 자신의 모습이 초라해질 수도, 더 큰 존재가 될 수도 있습니다. 상대가 지적한 대로 내 부족한 점에 사로잡혀 있다면 자신이 초라해지는 것을 선택한 것입니다.

이제부터 당당하고 용기 있게 자신을 들여다보세요. 당신의 약점이라고 생각한 것을 당신만의 매력으로 만들 수 있습니다. 콤플렉스가 되어 행동을 좌우했던 기억을 글로 적어 당신 앞에 모두 나열해봅니다. 그 기억이 어디에서 온 것인지 직면해봅니다. 그 자리에 부족함과 두려움이 아닌 용기를 심고, 내가 가지고 있는 것들에 감사함을 느껴봅니다. 내가 문제라고 생각했던 것들을 멀리 떨어져 바라보는 훈련이 된다면 콤플렉스는 희미해지고 오히려 당당한 무기로 변신할 것입니다.

내면을 들여다보는 힘을 기르면 그 어떤 것도 콤플렉스가 될 수 없습니다. 지금 당신에게 필요한 것은 자신을 돌보는 용기임을 느끼며 높은 존재의 메시지를 읽어봅니다.

지혜의 메시지 – 콤플렉스가 무기가 되는 마음 법칙

사랑하는 나의 아이야, 아름답고 또 아름다운 나의 아이야, 무엇이 두려워 너의 문제점들만 바라보고 있는가? 무엇이 두려워 다른 이들이 가진 것을 부러워하고 있는가? 스스로를 아름답게 볼 수 있을 때야말로 다른 이들의 시선 또한 변화시킬 수 있다. 하지만 다른 이들에게 아름답게 보이기 위해 스스로를 포장하진 말아야 한다. 네가 있어야 세상이 있는 것이다. 오로지 내가 바라보는 세상만이 전부인 것이다. 다른 이들의 단점을 보고 험담한다면, 자신에게 그 단점이 있다는 사실을 알아야 한다. 마찬가지로 다른 이들에게서 아름다움을 본다면 네 안에도 사랑이 빛나고 있는 것이다.

누군가에게는 콤플렉스가 단점으로 보이지만, 사랑이 가득한 이에게는 성장하는 모습으로 보인다. 내면을 향해 나를 들여다보면 있는 그대로를 볼 수 있는 힘이 생긴다. 다른 이들에게 아름답게 보이려 노력하지 말라. 모두 각자가 가진 내면의 크기만큼 세상을 보는 것이다. 결국 내가 바라보는 세상이 전부인 것이다. 다른 이들의 시선을 두려워하고 있는 자신을 발견하라. 그들이 네게 평생 시선을 두는 것은 아니다. 오직 자신만이 그들의 시선을 평생 안고 가는 것뿐이다. 그러니 그들을 변화시키기 위해 노력하지 말라. 그들에게 아름답게 보이기 위해 소중한 시간을 헛되이 보내지 말라.

사랑하는 나의 아이야, 다른 이들의 시선에는 모두 그럴 만한 이유가 있음을 알아야 한다. 눈에 보이는 것이 전부가 아님을 알아야 한다. 다른 이들의 시선이 제각각인 이유는 그들만의 삶의 과정이 있기 때문이다. 그러니 네가 할 일은 그저 그들의 시선 또한 인정하고 축복해주는 것뿐이다. 그들이 옳다고 생각하는 그 삶을 살아가도록 축복해주는 것뿐이다.

그들의 시선을 변화시키는 것은 너의 몫이 아니다. 그것은 그들의 몫이다. 그들의 삶에 과정에 따라 너를 바라보는 관점이 달라지기 때문이다. 그러니 다른 이들의 시선, 감옥에 갇혀 있지 말고, 그들을 판단하지도 말라. 너 또한 삶의 과정에 따라 그들을 바라보는 관점이 달라지기 때문이다. 생각과 관념의 잣대로 그들을 판단한다면, 그것이 나 자신을 판단하는 것임을 알아차려야 한다. 그 자각은 모든 이들에게서 너 자신을 보게 되는 경험을 하게 해줄 것이다.

그러니 오직 세상을 바라보는 나의 시선에만 집중해보자. 네가 살고 있는 집처럼 너의 마음속에도 수많은 사람이 드나들 것이다. 집을 가꾸지 않으면 엉망이 되듯 마음 또한 가꾸지 않으면 먼지가 쌓인다는 것을 명심하라. 마음의 청소를 위해 다른 이들의 시선을 거두어라. 그들이 하는 말에 집중하는 대신, 내가 그 말을 어떻게 듣는지 오직 나만을 관찰하라. 다른 이들이 던진 말에 맞지 말고, 오직 네가 다른 이들에게 어떤 말을 던지는지를 관찰하라. 다른 이가 던진 말에 상처받았다면 그 상처가 어디에서 오는지 질문하라. 질문의 끝에 스스로가 변할 수 있는 힘이 있다는 것을 선포하라. 너에게 신체적인 장애가 있다면, 강한 정신력이 네 안에 있음을 선포하라. 콤플렉스를 극복하는 충분한 힘이 네 안에 있음을 선포하라. 세상을 변화시키는 힘은 오직 네 안에 있다.

지금 거울 안에 비친 너의 모습은 어떠한가? 아무도 모르게 눈물을 흘리고 있는가? 불만이 가득한 채 다른 사람이 변화하기를 기다리고 있지는 않은가? 원치 않는 콤플렉스가 있다면 내가 용기 있는 영혼임을 자각하자. 문제라고 생각하는 그것을 내 마음이 어떻게 바라보는지 점검해보자. 깨어 있으면 나의 의식 상태를 알 수 있다. 의식 상태를 알아야 나에게 선택과 변화의 기회가 주어지는 것이다. 콤플렉스만 바라보며 불만이 가득한 의식 상태인지, 가진 모든 것에 감사함을 느끼는 의식 상태인지 스스로에게 질문해보라. 의식의 초점을 어디에 두어야 하는지는 너무나도 잘 알고 있을 것이다. 콤플렉스만 바라보는 의식에 초점이 가 있다면 사람들의 시선이 두려울 것이다. 하지만 그 두려움을 용기로 변화시킬 수 있는 힘도 네 안에 있음을 명심하라.
사랑하는 아이야, 너의 어떤 모습도 내게는 사랑이다. 이제는 스스로에게 이야기하자. 나의 존재만으로도 세상을 빛나게 한다는 것을. 두려워하는 모든 것을 극복할 수 있는 용기가 나에게 있음을 스스로 선포하자. 네 삶에 영향을 주는 것은 오직 지혜와 너의 의식뿐임을 기억하라.

나의 이야기 4

내 사랑은 매번 왜 이렇게 힘들까?

여자의 직감은 참으로 오묘합니다. 무심히 지나치는 사람들의 걸음걸이에서도 관계에 문제가 생겼음을 알아차리니 말이지요.

20대 중반 시절, 친구들과 만나기로 약속한 날 택시를 타고 이동 중이었습니다. 핸드폰으로 문자를 하고 있던 잠깐의 순간, 창밖에서 이상한 기류의 흐름을 느꼈습니다. 누군가 휙 지나간 것 같은데, 택시가 커브 길을 따라 빠르게 달리고 있어 확인할 수가 없었습니다. 이상한 직감에 급히 택시를 멈추고 그 장소로 뛰어갔습니다. 맙소사, 그곳에서 내 연인이 다른 여성에게 사랑을 표현하고 있었습니다. 머릿속이 새하얘지며 그 짧은 순간에 오만 가지 감정이 올라왔습니다.

그후 서로에게 상처가 되는 많은 시간이 흘렀습니다. 그 상처가 아무는 데는 더 많은 시간이 흐른 뒤 나에 대한 관찰이 이루어지고 나서였습니다. 나에 대한 알아차림 이후 발견한 것이 있습니다. 나는 아버지와 같은 사람을 절대 만나지 않겠다고 다짐했는데, 그 초점이 나의 연인을 아버지와 같은 사람으로 변화시키고 있었던 것입니다. 그런 상대를 만난 것이 아니라, 내가 그런 상대를 만든 것이었지요. 무능력함을 발견할 때면 나도 모르게 무시하는 행동이 튀어나왔습니다. 엄마처럼 살지도 모른다는 두려움에 무의식적으로 방어적인 행동을 했던 것입니다.

무의식이 나의 연애 패턴을 조종하며 상황을 이리저리 끌고 다녔습니다. 이 깨달음을 얻기까진 무수한 감정의 변화들이 있었습니다. 그 변화들을 억지로 막지 않았고, 이별의 저 밑바닥까지 미련이 남지 않을 만큼 충분히 경험하고 아파했습니다. '난 괜찮아'라며 감정을 숨기지 않고 내 모든 감정에 솔직했습니다. 폭풍 같은 감정의 변화들을 겪은 뒤 내 마음을 들여다보니 그곳에 나를 성장시키는 놀라운 흔적들이 있음을 알아차렸습니다. 사랑을 확인하기 위해 구속하려는 마음을 알아차렸고, 불안한 미래에 대한 두려움이 헤어지자는 말을 반복하는 상황을 만들어낸다는 것도 알았습니다.

관계는 나를 알아가는 교과서입니다. 세상과의 관계, 사람과의 관계, 물질과의 관계를 통해 내 안에 무엇이 있는지 거울처럼 보여줍니다. 나의 상태를 알아차리자 비로소 남성이라는 존재를 객관적으로 이해하기 시작했습니다. 그리고 관계는 내가 바라보는 시선대로 변할 수도 있음을 알아차렸습니다. 그렇게 나를 알아감으로써 내가 어떤 사람을 만나야 하는지도 알기 시작했습니다.

당신에게 지금 연인으로부터 받은 상처가 있다면, 새로운 만남을 위해 준비하는 과정이라고 말해주고 싶습니다. 당신은 더 좋은 사람을 만날 자격이 충분합니다. 이제는 내적 성장에 집중하여 자신을 알아가는 작업을 시작해야 합니다. 슬픔이 아직 당신을 지배하고 있다면, 지나갈 수 있도록 충분히 슬퍼할 시간을 허락하세요. 시간이 흘러 눈물이 마를 때쯤 자신의 흔적을 바라봅니다. 이제는 전과 같은 패턴은 놓아버리고 성숙한 만남을 위한 내면 훈련을 시작하면 됩니다.

이 작업을 통해 사람들과의 관계에서 중요한 한 가지 사실을 알게 될 것입니다. 내 주변의 모든 것이 마음에 들지 않을 때는 자신이 싫어지고 있다는 것입니다. 마찬가지로 세상이 아름답게 보일 때는 내 마음이 사랑으로 충만할 때입니다. 그 사랑을 발견하고 유지하기 위해서는 자신의 성장을 두려워하지 않아야 합니다.

내면을 향해 자신을 다듬는 사람만큼 매력적인 사람은 없습니다. 보여지는 외모보다 내면의 아름다움을 위해 자신에게 시간을 내어주는 사람, 사랑의 미소를 건넬 수 있는 사람, 있는 그대로 바라볼 수 있는 사람, 격려와 믿음으로 곁에서 든든한 지원군이 되는 사람이 당신이라면, 당신과 비슷한 결을 가진 사람을 만나게 될 것입니다. 관계는 나를 나타내는 거울입니다. 우리는 관계를 통해 삶을 배우고 자기 성숙도 이루어집니다.

지혜의 메시지 – 진짜 내 마음을 만나는 시간, '홀로 있음'

사랑하는 나의 아이야, 누군가로부터 상처받은 너에게, 모든 관계에서 도망치고 싶은 너에게, 잠시 너만의 시간이 필요하다는 것을 알려주고 싶다. 자신만의 시간이 중요함을 알려주기 위해 모든 관계가 존재하는 것임을 알아야 한다.

자신만을 위한 시간이란 무엇인가? 일상에서 벗어나기 위해 여행을 가고 영화를 즐기는 것이 자신만을 위한 시간인가? 그렇다면 일상으로 돌아왔을 때 또다시 여행과 영화가 그리워질 것이다. 진정으로 자신만을 위한 시간이란 무엇인가? 바로 '홀로 있음'이다. 시끄러운 대중들 안에서도 '홀로 있음'이다. 높은 빌딩 안에서 일하고 있을 때도 '홀로 있음'이다. 연인에게 받은 상처가 깊어 울고 있을 때도 '홀로 있음'이다. 어느 상황, 어느 순간에도 가능한 '홀로 있음'만이 네게 필요한 것이다. '홀로 있음'이 관계를 명확히 볼 수 있는 의식의 눈을 뜨게 하기 때문이다.

사랑하는 나의 아이야, 연인의 배신으로 홀로 그 아픔을 견디고 있는 네게 자문하라. '이렇게 슬픔이 올라오는 이유는 무엇인가?' 내 사랑을 바친 것에 대한 분노인가? 믿음의 신뢰가 깨진 것에 대한 아픔인가? 아니면 자존심인가? 왜 눈물이 흐르는지, 어떤 감정이 올라오는지 자문하라!

사랑하는 나의 아이야, 함께 일하는 동료와 상사로 인해 신경이 날카로워져 있는 네게 자문하라. '내 안의 무엇이 저들의 말과 행동을 통해 나를 흔들고 있는가?' 마음에 들지 않는 상사에게 핑계를 대는 자신을 발견하라. 배려해주는 동료에게 질투가 일어나는 자신을 발견하라. 험담하는 동료의 모습에서 모든 이에게 인정받고 싶어 하는 자신을 발견하라. 그들을 통해 네 안에 무엇이 있는지 알려주는 것이니 가만히 자신의 흔들림을 보아라!

사랑하는 나의 아이야, 네 마음이 아름다움으로 가득 차 있다면 연인의 배신이 아닌 그의 선택을 존중할 것이다. 시간과 사랑을 바친 것에 억울하고 분노를 느끼는 대신 그의 새로운 삶을 축복할 것이다. 너 자신을 믿고 있다면, 연인과의 믿음이 깨진 것이 아닌 너의 새로운 출발을 응원할 것이다. 아름다운 자만이 아름다움을 볼 수 있다. 지금 네 안에 무엇이 올라오는지 지켜보아라. 집착이 있다면 분노가 올라올 것이며, 수치심이 있다면 방어하려는 마음이 올라올 것이다. 네 안에 어떤 아픔이 있는지, 어떤 기억이 있는지 지켜보라.

사랑하는 나의 아이야, 네 마음이 확신으로 가득 차 있다면 핑계 대신 인정과 배움으로 감사함이 가득할 것이다. 승승장구하는 동료를 질투 대신 축복해줄 것이다. 험담하는 동료의 모습에서 나를 인정할 사람은 오직 나 자신뿐임을 알게 될 것이다. 너의 모든 행동과 생각을 아는 사람은 오로지 자신뿐이다. 이 세상에서 속일 수 없는 단 한 사람, 그것은 '나'이다. 다른 이들의 야유와 손가락질이 두렵지 않은 자는 자신을 속이지 않은 사람들뿐이다. 이것이 '홀로 있음'이다. 다른 이들을 통해 네 안에 숨어 있는 의식을 발견하기 위해 자신만의 시간을 가져야 하는 것이다. 발견하는 그 순간 모든 변화가 일어난다. 그러니 내 앞에 있는 모든 이가 나의 스승인 것이다. 이성으로, 직장 선후배로, 부모 자식으로 만난 모든 관계에 대해 영혼과 영혼의 만남으로 인식하고 다가가야 한다. 그렇게 타인이 아닌 자신에게 에너지를 집중할 때 무의식이 정화되며 새로운 의식의 장이 열릴 것이다. 부딪히는 모든 관계가 이전과는 달리 편안해질 것이다.

무의식적으로 내뱉는 모든 말들을 자각해야 한다. 무의식을 알고 싶다면 다른 이의 말에 집중하지 말고 너를 통해 나오는 말들을 감시하라. 관계는 무의식을 알려주는 하나의 도구이다. 누가, 무엇이, 왜 불편한지 진짜 내 마음을 알고 싶다면 '홀로 있음'의 시간을 가져야 한다.

평온이 찾아온다면 알게 될 것이다. 네 안에 항상 사랑이 있었음을, 네 안에 아름다움만이 있었음을, 삶은 애쓰는 것이 아니라 즐기는 것임을…. 사랑하는 나의 아이야, 모든 것이 너를 위해 존재하니, 모든 것에서 신성을 발견하며 매순간 평온하여라.

나의 이야기 5

혼자라는 외로움에서 늘 벗어나고 싶었다

결혼하는 친구들을 보며 혼자라는 것에 조바심을 느낄 때.

남들은 직장을 다니고 있는데 나만 혼자서 헤매는 느낌이 들 때.

다른 사람보다 늦거나 다른 길을 선택하며 혼자가 된 느낌에 사로잡힌 당신, 혹은 혼자가 될까 두려운 당신에게 꼭 들려주고 싶은 이야기가 있습니다. 어떤 일을 겪었을 때, 아무리 많은 위로를 받아도 혼자라고 느낀 순간들이 있을 겁니다. 외로움을 달래고자 신나고 북적대는 곳을 찾아도 결국 외로움이 더 커진다는 것만 확인할 뿐이지요. 여기서 알아야 할 것은, 외로움은 영혼이 보내는 신호라는 것입니다.

매스컴을 통해 스스로 목숨을 끊는 안타까운 소식이 들릴 때마다 느끼는 감정이 있습니다. 그는 얼마나 많은 시간을 혼자서 힘들어했을까? 그 힘든 마음의 무게를 어느 누가 가늠할 수 있을까? 누군가가 던진 말에, 누군가의 눈빛에, 자신이 해결할 수 없는 상황에 절망했던 그들의 마음이 느껴지는 순간이 있을 것입니다. 세상이 모두 내게서 등을 돌린다 해도, 진심으로 나를 알아주고 믿어주는 단 한 사람이 있었다면 그런 안타까운 일은 없지 않았을까? 그럼 그들의 가족과 지인들은 그를 진심으로 믿어주지 않은 것일까? 그들은 진심으로 걱정하고 위로했지만, 또 그들의 자리에서 자신의 삶을 살아야 했을 것입니다. 그래서 떠난 이에게 좀 더 신경 써주지 못한 것에 죄책감을 느꼈을 것입니다.

하지만 나를 위로할 수 있는 건 오직 나밖에 없음을 알아야 합니다. 괴로움에 휩싸인 마음의 틀을 깨고 나올 수 있는 것 또한 자신밖에 없음을 알아야 합니다. 마음 상태를 바꿔 스스로 일어서라는 것이 아닙니다. 목숨을 버릴 만큼 힘들어하는 이들은 그렇게 일어설 힘이 없습니다. 목숨을 버릴 정도로 마음이 힘들 땐 그 모든 짐을 영혼에게 맡기라는 것입니다. 영혼이 당신을 위로할 수 있도록 기회를 주어야 합니다. 영혼이 마음을 깨고 나올 수 있도록 영혼에게 대화를 요청해야 합니다.

영혼과 소통을 시도하는 이들은 극히 드물지요. 영혼에게 더 가까이 다가갈 수 있는 시기는 세상에 혼자라고 느껴질 때입니다. 영혼에 다가갈 수 있도록 도와주는 내면 안내자는 항상 당신을 보호하며 기다리고 있습니다. 그 존재를 느끼려면 거울을 바라보며 이야기해보세요. 자신의 이름이 아닌 내 안에 깃든 영혼을 부릅니다. 그리고 영혼을 향해 내 마음의 짐을 가져가달라고 요청해보세요. 고통의 자리를 따뜻한 사랑으로 채워달라고 요청해보세요.

"아름다운 내 안의 신성이여, 나는 이제 혼자가 아님을 알고 있습니다. 나와 항상 함께하는 내면의 존재를 가슴 안에서 느끼고 있습니다. 나의 짐들을 모두 당신에게 맡기려 합니다. 그 자리에 신의 사랑, 지혜, 능력을 채우려 합니다. 나는 그것을 허용합니다."

거울을 보며 내면을 향해 기도하고 잠시 고요함 속에 머뭅니다. 가슴이 따뜻해져옴을 느끼거나 소름이 올라올 수도 있습니다. 전율을 느낄 수도 있고, 영혼이 보내는 신호인 눈물을 흘릴 수도 있습니다. 자신이 혼자라고 느낄 때, 잠시 뒤로 물러나 내면을 향해 요청하는 것, 이것이 전부입니다. 당신이 혼자라고 느끼는 상황을 만나면 벗어나려 애쓰지 말고 그저 가만히 바라보세요. 고요함 속에서 나를 바라보며 영혼을 향해 요청하는 시간을 꾸준히 실천하면 누구나 내면에 있는 근원의 힘을 사용할 수 있습니다. 그 힘은 놀라운 일을 가져다줄 것입니다. 사람들의 따뜻한 말이 들리고, 차가운 시선이 아닌 사랑의 눈을 발견하게 될 것입니다. 끝내고 싶었던 생명에 책임감을 느끼고 활력이 솟을 것입니다.

당신의 영혼이 당신에게 들려주고 싶은 이야기라고 느끼며 다음의 글을 읽어보세요.

지혜의 메시지 – 혼자라고 느낄 때, 당신이 혼자가 될 수 없는 이유

사랑하는 나의 아이야, 아무도 너를 사랑해주지 않는다고 느낄 때, 아무도 너의 편이 아니라고 느낄 때, 너의 존재가 보잘것없다고 생각할 때, 자연을 느껴보라. 눈을 감고 스쳐 지나가는 바람을 느껴보라. 파도 소리와 새의 지저귐을 느껴보라. 들판에 피고 지는 이름 없는 꽃들을 바라보라. 모든 계절이 지나가도 그 자리에 있는 나무가 되어보라. 그들에게 너의 아픔을, 슬픔을, 분노를 이야기하라.

사랑하는 나의 아이야, 너는 혼자가 아니다. 자연은 항상 그 자리에서 너를 위로하고 치유하며 또 그 자리에 있을 것이다. 너에게 옳고 그름을 따지지 않을 것이다. 그저 바람이 너의 눈물을 어루만져주고, 새들이 통곡하는 너의 울음에 위로를 건넬 것이며, 나무는 너에게 숨쉴 수 있는 공간과 시간을 아낌없이 나누어줄 것이다.

사랑과 감사의 마음으로 자연을 바라볼 준비를 하라. 세상이 너를 알아주는 것이 아니라, 네가 세상을 사랑할 준비를 하는 것이다. 사랑받지도 못하고 살아갈 의미가 없다고 느껴지는가? 이제부터는 네가 다른 이들을 사랑할 준비를 해야 한다. 사랑으로 충만해진 마음은 외로운 이들에게 다가가 너의 사랑을 기꺼이 베풀게 한다.

사랑하는 소중한 아이야, 너의 존재를 부모의 사랑으로 확인하려 하지 말아라. 너의 존재 의미를 다른 이들에게 확인받으려 하지 말아라. 네가 세상에 살아가야 하는 이유를 다른 이들의 행복으로 넘기지 말아야 한다. 그저 세상에 나란 존재를 있게 해준 통로의 길에 부모가 있었을 뿐이다. 무한감사의 마음을 갖는 것으로 너의 역할은 끝난다. 이 의미를 제대로 이해한다면 많은 것으로부터 자유로워질 것이다.
다른 이들에게 인정받고 싶은 마음은 너의 가치를 다른 이들의 손에 넘겨주는 것이다. 그러니 너 스스로 자신의 가치를 알아야 한다. 남을 행복하게 해주기 위해 자신의 행복을 희생하지 말아라. 행복해야 하는 사람은 오로지 너뿐이다. 행복하라! 아침에 눈 뜨자마자 그냥 행복의 감정을 선택하라! 물 한 모금에도, 내딛는 발걸음에도 행복하라! 바람을 느끼는 그 순간에도 모든 오감을 열어 행복하라! 그 순간이 네가 이 세상을 살아가는 이유의 전부이다.

경험을 통해 지혜가 생긴다. 하지만 누군가에게는 지혜 대신 두려움이 생기기도 한다. 경험으로 생긴 감정은 사람들과의 관계 속에서 수시로 튀어나온다. 사람들과의 관계에서 힘겨워하고 있다면 이것을 알아야 한다. 상대 또한 나처럼 자신만의 경험 속에서 형성된 마음과 감정대로 행동하고 있다는 것을. 너를 지배하는 자동반사적인 마음의 작용에서 벗어나고 싶다면 너의 경험들이 기억 속에 어떤 감정으로 남아 있는지 살펴보아야 한다. 너 또한 네가 경험한 기억으로 형성된 마음 작용으로 다른 이들에게 상처를 안겨주고 있는지도 모르기 때문이다.
네 속에 오래 묵혀둔 아픔의 기억은 어떤 모습으로든 현실에 나타난다. 건강으로 나타날 수도 있고, 때론 관계에서 나타날 수도 있다. 그럴 때 혼자 아파하지 말고 나와 함께하기로 다짐하라. 자연 속에서 너만의 고요한 시간을 가져라. 잠시 하늘을 바라보라. 낮에는 보이지 않지만, 밤에는 항상 그 자리에서 빛나고 있는 별들을 감상하라. 유유히 흘러가는 구름을 바라보라. 자연에는 무한한 사랑의 힘이 있으니 고요히 자신만의 시간 안에서 자연과 함께하라. 높은 빌딩 안에 있다면 하늘을 바라보고 호흡하는 공기를 느껴보라. 자연의 섭리는 어디에든 존재한다. 자연은 네게 살아 있음을 느끼게 해주는 영원한 너의 친구이다. 자연을 통해 잠자는 너의 영혼이 깨어날 것이다.

사랑하는 나의 아이야, 이 세상에 필요 없는 존재는 어디에도 없다. 이 세상을 떠나는 것 또한 너의 선택이 아니다. 모든 것이 자연의 섭리로 자연스럽게 흘러가도록 너를 믿고 너 자신에게 맡겨보아라. 슬픔이 지나갈 수 있게 슬픔의 자리를 마련하라. 분노가 흘러갈 수 있게 분노의 길을 내어주어라. 어느 순간 그 안에서 사랑을 발견할 것이며, 사랑은 항상 그 자리에 있었음을 알게 될 것이다. 사랑하는 나의 아이야, 이제 모든 것을 나에게 맡기고 나의 사랑, 지혜, 능력을 네 안에 채워라.

나의 이야기 6

관념의 틀에
나를 묶어두고 있었다

관념박스는 어떻게 만들어질까요? 우리는 자라온 환경과 그로부터 만들어진 마음으로 관념이란 박스를 구성해나갑니다.

예)

- 돈은 쉽게 벌 수 없다는 어른들의 이야기를 듣고 자랐다.
- 외모가 뛰어나면 더 빠른 성공을 할 수 있다.
- 가정이 화목하려면 여성은 육아에 집중하고 남성은 사회생활에 집중해야 한다.
- 남성다움과 여성스러움에 대한 지도를 받으며 자랐다 등등.

관념 + 시간 = 고정관념

(박스는 더욱 단단해져 철벽을 이루는 고정관념이 됩니다.)

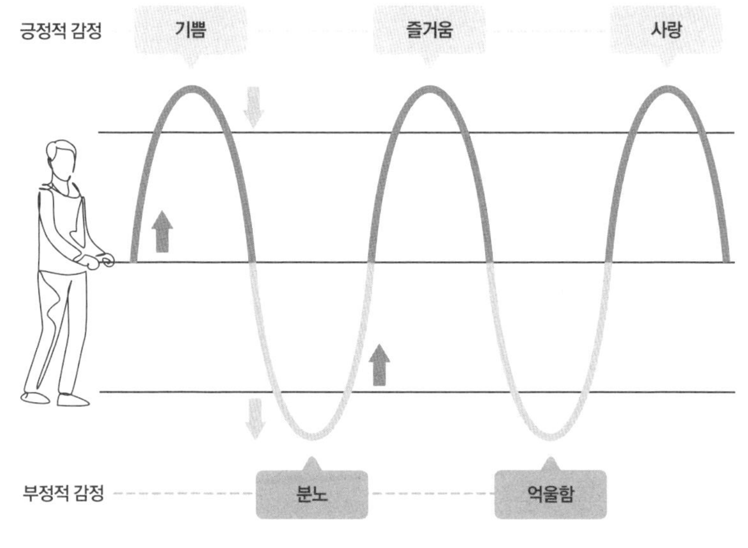

관념박스를 끌고 가는 삶

긍정적인 감정을 유지하지 못하는 이유

행복을 유지하지 못하는 이유는 관념박스를 벗어났기 때문입니다. 인생에 기회는 몇 번밖에 없다는 이야기들이 틀을 만들어 정상궤도로 기쁨을 끌어내리게 됩니다. 행복하면서도 이 행복이 유지될까라는 두려운 감정이 일어나는 이유이기도 하지요. 긍정적인 감정이 최고점을 찍을 때, 더 높은 의식을 향하지 못하고 의심의 마음이 생긴다면 박스 안으로 자신을 끌어내리고 있음을 알아차려야 합니다. 행복과 행운은 잠시 스쳐 지나가는 것이라는 관념의 틀이 어디에서 나왔는지 자신을 관찰할 필요가 있습니다.

부정적인 감정이 일어나는 이유

나에게 어떤 관념이 있는지 알아차릴 수 있는 도구는 감정에너지입니다. 감정에너지 중에서 부정적인 감정이 일어난다면 관념박스를 이탈했기 때문입니다. 상황과 관계가 나의 관념박스를 이탈할 경우 정상궤도로 돌려놓기 위해 통제하며 애를 씁니다. 그럼에도 내 뜻대로 되지 않을 때는 극도의 부정적 감정에 휩싸이게 되지요. 같은 문화환경에서 성장한 사람들은 관념도 비슷합니다. 다수가 함께 공유하는 관념은 더욱 견고해져서 이탈하는 것에 큰 두려움을 느낍니다. 이것이 다른 이들의 시선이 두려운 이유이기도 해요.

관념박스에 대한 이해는 내적 탐구에 큰 도움이 됩니다. 관념 속에 숨겨진 원인과 본질을 살피면 내 부정적 감정의 원인을 파악할 수 있습니다. 이 행동만으로도 박스는 허물어지기 시작합니다. 관념박스를 완전히 허물고 싶은가요? 그렇다면 감정과 마음이 우리의 행동을 제약한다는 것을 이해하고 인정해야 합니다. 지금 이 부정적인 감정이 관념으로부터 나온다는 것을 알아차리고, 관찰자가 되어 그 감정을 바라보는 훈련이 필요합니다. 마음을 떼어놓고 관찰한다면 감정뿐만 아니라 행동도 의식 차원에서 스스로 선택할 수 있게 됩니다.

이제부터 관념을 만들어내는 판단과 감정에너지를 다루는 훈련이 시작될 것입니다. 더 깊어지는 내적 탐구는 영적인 의식성장으로 다가가는 한 걸음이 됩니다.

지혜의 메시지 – 관념에서 벗어나 자유롭게 사는 법

사랑하는 나의 아이야, 사회 관념으로부터 자유가 억압되어 온전한 자신의 삶을 살지 못함에도 너는 지금 살아가고 있다. 세상이 정해놓은 틀 안에서 길을 잃고 헤매고 있음에도 너는 지금 옳은 길을 가고 있다. 너를 두렵게 하는 것은 너 자신이다. 사회가 정한 조건에 비해 자신이 부족하다고 생각하기 때문이다. 그 두려움에서 빠져나오게 하는 것도 오로지 자신뿐이다.
좋은 환경에 태어났으니 탄탄대로의 삶이 기다린다고 누가 증명할 수 있는가! 좋은 학벌과 스펙을 가졌으니 행복한 삶을 살 거라고 누가 보장하는가! 아름다운 외모를 가졌으니 신데렐라가 될 거라고 누가 말할 수 있는가! 환경을 탓하며 두려움 속에 갇혀 사는 것도 자신의 선택이고, 환경을 극복하고 새로운 길을 만들어나가는 것도 자신의 선택이다. 앞길을 가로막는 것은 오로지 자신뿐이며, 나만의 새로운 길을 만드는 것 역시 자'신'이다.
하지만 이 말을 얼마나 이해할 수 있을까? 자신의 길을 가로막는 것이 외부에 있다고 생각하는 이들은 마음속에 원망이 가득하다. 외부에 시선이 가 있는 이들은 아쉽게도 세상의 굴레에서 벗어나지 못한다. 관념의 감옥에서 벗어나 진정 행복한 삶을 살 수가 없는 것이다.

내 삶 속으로 들어오는 모든 관계와 상황들을 제대로 볼 수 있는 내면의 힘을 길러야 한다. 누군가를 판단하는 자신의 무의식적 관념을 알아차려야 한다. 상황을 분석하려는 너의 마음은 의식에 따라 변할 수 있음을 깨달아야 한다. 세상을 바라보는 시선에서 판단과 관념을 거두어들이는 위대한 작업에 집중하라. 그때야 비로소 환한 등불이 너를 안내할 것이다. 그때야 비로소 과거로 인해 미래를 걱정하는 것이 아닌, 지금을 산다는 것이 무엇인지 알게 될 것이다.

너에게 아픔을 준 이로 인해 스스로 성장했던 경험이 있는가? 그렇다면 아픔을 준 이는 원망의 대상인가, 널 위한 스승인가? 모든 걸 잃고 나서 다시 얻는 기쁨을 누려본 적이 있는가? 그렇다면 모든 걸 잃었던 경험은 원망의 대상인가, 새로운 열정을 솟게 한 원동력인가? 네 의식에 따라 상황을 바라보는 관점이 달라지는 것이다. 그러니 네가 할 일은 높은 의식을 향한 성장임을 알아야 한다. 의식을 사용할 수 있는 힘을 너의 스펙으로 만들어라. 그러면 그 어떤 것도 두렵지 않게 될 것이다. 그 어떤 원망의 대상도 사라지게 될 것이다.

다른 이들의 시선을 받기 위해 외모나 학벌 등 사회적 관념에 맞춰 투자하고자 한다면 명심할 것이 있다. 마음은 언제든 수

시로 변할 수 있다는 사실이다. 외모에 집착하면 결국 자신의 늙어버린 모습에 좌절해 세상으로부터 스스로를 소외시킬 것이다. 그러나 자신의 내면에 집중한다면 다른 사람들에게서도 내면의 아름다움을 발견하게 될 것이다. 이 세상의 보이지 않는 아름다움을 볼 줄 아는 눈이 생기는 것이다. 그러기 위해선 내면에 집중한다는 것이 무엇인지 간절히 알길 원해야 한다. 성공하고 싶은 욕구만큼이나 내면의 힘을 사용할 수 있길 간절히 원해야 한다.

내면의 아름다움을 가꾸는 사람은 자연스레 배어나오듯 외면 또한 아름다워진다. 세상에서 가장 아름다운 성형은 내면에서 우러나오는 미소이다. 눈과 마음, 영혼도 모두 웃고 있는 미소이다. 다른 이들의 실수에도 미소 지을 수 있는 사랑이 네 안에 있다. 다른 이들의 아픔을 안아줄 수 있는 따뜻한 포옹이 네 안에 있다. 한계에 부딪혔다고 생각하는 순간! 다시 처음처럼 시작하는 힘도 네 안에 있다.

그 무엇이 되었든 도전하라. 도전하고 포기하는 순간을 위해서라도 도전하라. 도전은 사회적인 관념들을 벗어날 수 있게 도와주는 출발점이다. 도전은 너를 새로운 환경, 새로운 사람과 연결해주는 고리가 될 것이며, 너 자신이 누구인지 알게 해주는 이정표가 될 것이다.

사랑하는 나의 아이야, 이 모든 것들이 네가 있어야 증명되는 것임을 알아야 한다. 그러니 이 세상 안에 네가 있음을 스스로 축복하며 사랑하라. 스스로 선포하라! 자신에게 자유를 허락한다고 선포하라. 진정한 내 삶을 살아갈 것이라고 선포하라.

나는 의식성장을 위해 내적 탐구를 안내해주었던

존재에 무한감사를 느끼며,

지금도 안내받고 있음에

감사와 사랑으로 삶을 증명해나가고 있습니다.

우리는 모두 내면에 의식성장에 대한 욕구가 있지만,

마음으로부터 오는 저항에 부딪히는 일들을

반복하고 있습니다.

이 책을 통해 자'신'을 찾아가는

삶의 여행을 즐기길 바랍니다.

CHAPTER FOUR

당당하게 살아가는 힘

온전한 나로 살아가는 변화의 시작

"마음을 놓아버리면 어떠한 어려운 일도 자신의 성장으로
받아들이며 인생을 여유롭게 즐길 수 있습니다."

당신의 인생을
하나의 스토리로 인식하라

이 책을 읽고 솔루션을 진행하며 명상을 한 당신은 자신의 내면 안내자를 발견하고 당신이 지니고 있던 힘을 발휘할 수 있게 될 것입니다. 당신 인생에서 늘 부딪혔던 관계나 일들이 언젠가부터 당신에게 아무 영향을 주지 않음을 깨닫는 순간이 바로 그 힘을 발휘하는 순간인 것입니다.

여기서 명심해야 할 것이 있습니다. 꾸준한 훈련으로 성장했음에도 기억 속에 박혀 있는 부정적 감정은 주기적으로 올라온다는 것입니다. 이를 해소하기 위해 인생은 당신을 위한 선물을 준비해놓습니다. 그 선물은 때론 시련의 모습일 수도 있습니다. 당신에게 한 가지 질문을 해보겠습니다.

'당신 인생에서 시련인 줄 알았지만, 지나고 생각해보니 배움과 깨달음이었다는 걸 느낀 일이 있는가?'

누구나 한 번쯤은 이런 경험이 있을 것입니다. 삶의 모든 것에는 다 그럴 만한 이유가 있었음을 깨닫는 순간, 좋고 나쁨도 없고 옳고 그름도 없는 이치를 꿰뚫은 진정한 앎이 시작될 것입니다. 오늘 나는 친절한 사람이지만, 내일의 나는 악한이 될 수도 있습니다. 선과 악, 옳고 그름이 정해진 것이 없음을 알게 되면 사람들의 모든 행동이 이해가 됩니다. 일어날 일이 일어났을 뿐이고, 우연은 없다는 의미도 알게 될 것입니다. 이것은 놀라운 신의 선물입니다.

이 배움이 이해되기 시작했다면 전체의식에 대한 문이 열리는 것입니다. 무의식중에 여전히 부정적 감정이 올라오더라도 시련을 가장해 내게 온 배움이라는 선물을 통해 감정에서 쉽게 벗어날 수 있게 됩니다. 그렇게 당신의 의식은 과거의 차원을 넘어서 더욱 높아지고, 당신은 자신을 더욱 가치 있는 존재로 느끼게 될 것입니다.

내적 탐구로 정화 과정을 충분히 거치고도 부정적 감정을 확인한 한 청년이 있었습니다. 그는 어린 시절, 폭력적 성향과 도박 빚으로 가족들에게 정신적·경제적인 피해를 준 아버지 밑에서 성장했습니다. 청년은 아버지만 생각해도 화를 견딜 수 없을 정도로 원망과 분노에 사로잡혀 있었고, 대인관계에 대해서도 어려움을 겪고 있었습니다. 우연한 기회에 명상을 접하고 자신의 삶을 성장시키고자 내적 탐구에 집중했습니다. 어느 정도 마음에 자신감이 생기자 '언젠가 아버지를 변화시킬 거야!', '이제 자유롭게 내 삶을 살아가겠어!' 하며 굳게 다짐했습니다.

의식을 고양시키는 훈련을 통해 불쑥불쑥 올라오는 충동적인 분노와 화가 흐릿해지자 청년은 자신이 아버지를 용서했다고 생각했습니다. 적어도 떨어져 사는 아버지를 만나기 전까진 아무 문제가 없었습니다. 다시 만난 아버지는 폭력적인 과거의 모습은 간데없고, 초라한 행색으로 나타나 돈을 요구했습니다. 여전히 도박에서 벗어나지 못한 모습이었습니다. 청년은 아버지의 모든 걸 용서하고 사랑으로 포용할 수 있을 거라 생각했지만, 막상 현실을 맞닥뜨리니 생각처럼 되지 않았다고 했습니다. 아버지는 대체 왜 그렇게 살았는지, 원망스러운 감정의 찌꺼기가 여전히 올라왔고, 당신이 어떤 사람인지 분명히 알려주고 싶어 순간 확성기에 대고 큰소리로 쏟아붓고 싶은 충동이 올라왔다고 했습니다. 하지만 청년은 그런 자신의 마음을 알아차리고, 지금까지 훈련한 대로 호흡에 집중하며 아버지와 대화를 찬찬히 이어나갔다고 했습니다.

왜 이제 와서 나를 찾는 건지, 어떻게 나에게 돈을 달라고 할 수 있는지…. 그 만남 뒤로 청년은 아버지에 대한 새로운 원망이 생겼고, 깊은 허무함마저 느꼈다고 했습니다. 그는 나에게 명상하고 내적 탐구를 하면 모든 것이 해결되는 게 맞냐고 되물었습니다. 아버지에 대한 감정은 죽을 때까지 사라지지 않고, 영원히 자기를 힘들게 할 것 같다고도 했습니다.

하지만 나는 그에게서 '알아차림'이라는 깨어남을 보았습니다. 그는 내면에서 올라오는 자신의 감정을 알아차렸고, 그 순간 감정에 휘둘리지 않고 호흡을 조절하며 자신의 의지대로 상황이 흘러가게 만들었습니다.

보이는 것이 전부가 아니다

우리는 배운 지혜를 현실에 대입하며 문제를 풀어가지만, 현실은 수학 공식처럼 딱 들어맞지 않습니다. 청년과 마찬가지로 자신을 건드리는 아픈 기억의 정화 과정이 생각처럼 쉽지 않음을 깨닫는 순간들이 오게 될 것입니다. 이때 당신이 꼭 해야 할 것이 있습니다. 당신의 인생을 하나의 스토리로 바라보는 힘을 기르는 것입니다. 청년은 이제 의식이 성장하며 겪게 되는 하나의 산을 넘어가고 있는 것입니다. 진정 성장하고 있는지, 삶이 청년을 시험하고 있다고 표현하는 것이 적합할 듯합니다. 삶은 높은 의식을 향하는 이들을 끌어내려 현실 속에 담아두고 싶어 하기 때문입니다.

이제는 자신의 인생을 스토리로 이해할 수 있는 전체의식을 향한 문이 열린 것입니다. 내적 탐구로 의식이 성장한 당신에게 여전히 피할 수 없는 현실의 감정들이 올라와 당신의 마음을 수시로 흔들어놓을 것입니다. 이는 당신이 놓쳐서는 안 되는 또 다른 성장 신호입니다. 전체의식을 향해 당신이 현실에서 증명할 수 있는 기회가 생긴 것입니다.

인생에서 보이는 것이 전부가 아님을 알 수 있도록 전체의식에 대한 이해를 도울 수 있는 방법이 있습니다

'당신이 태어난 순간부터 지금, 이 순간까지의 삶을
하나의 스토리로 인식하기!'

지금이 영원할 것이라는 착각에서 벗어나 인생을 바라보는 훈련입니다. 우리의 인생을 하나의 스토리로 바라보기 위해선 개별적인 영혼에 대한 이해가 필요합니다. 영화를 보면 각 역할을 맡은 배우들이 존재합니다. 그 배우들은 영화의 스토리 전개를 위해 각자의 캐릭터에 충실하게 연기합니다.

2018년, 일상에서 영혼을 자각하는 계기가 있었습니다. 버스에 올라탄 한 지체장애인과 눈이 마주쳤습니다. 순간 그 친구는 나를 향해 고개를 숙이며 "죄송합니다, 저는 장애인입니다! 죄송합니다, 저는 장애인입니다!"를 반복하더니 나의 뒷자리에 앉았습니다. 잠시 후 그의 옆에 다른 누군가가 앉으니 나에게 했던 말을 또다시 반복했습니다. "죄송합니다, 저는 장애인입니다! 죄송합니다, 저는 장애인입니

다!" 순간 이런 의문이 내 머리에 떠올랐습니다. '저 친구가 장애인인가? 장애인이라고 생각하는 우리들의 생각이 장애인가?'

반복된 훈련으로 자신이 장애인임을 외치는 그에게서 나는 알 수 없는 위대함을 느꼈습니다. 누군가 당신에게 "다음 생애는 장애를 가지고 태어나세요!"라고 하면 당신은 선택할 수 있나요? 마음은 절대로 선택하지 못합니다. 이는 영혼만이 선택할 수 있는 문제지요. 영혼의 차원에서는 자신이 누구인지 알기 때문입니다.

하지만 우리의 마음은 이렇게 질문합니다. '장애도 우리의 선택이라면, 왜 그렇게도 힘든 삶을 선택하는 것일까요?' 영화에서 장애를 연기해야 하는 연기자들은 자신의 배역을 진정성 있게 소화해내야 합니다. 그만큼 자신이 장애인인 것처럼 깊이 몰입해야 하고, 그러기 위해선 지금 자신의 모습을 잠시 내려놓아야 하는 위대한 일인 것입니다. 하지만 연기에 대한 열정과 연기력이 부족하다면 그 어려운 배역을 제대로 소화해내기 힘들겠지요.

우리의 영혼도 마찬가지입니다. 우리는 자신의 삶을 제대로 성장시키기 위해 주어진 배역을 소화해야 하는 연기자와 같습니다. 용기와 의식이 부족하면 장애의 삶을 온전히 연기할 수 없습니다. 또 그 주변 인물조차 연기하기 힘들 것입니다. 멋지고 잘생긴 주인공 배역을 맡았든, 힘들고 불편한 장애인의 배역을 맡았든, 우리 모두는 각자에게 주어진 역할을 최선을 다해 연기해야 합니다. 모든 삶의 역할이 얼마나 용기 있는 영혼인지, 위대한 존재인지 알게 된 순간이었습니다. 나는 그 친구를 보며 알 수 없는 위대함을 느꼈습니다. 그의 주변에 있는 사람들의 삶 또한 어렴풋이 느낄 수 있었습니다. 우리가 아무리 힘든 상황과 어려움을 겪고 있다 한들 영혼은 성장을 위해 존재한다는 것을 느낄 수 있는 기적 같은 순간이었습니다.

상처의 기억이 선물이 되는 순간

나는 아버지를 원망하는 청년에게 나의 깨달음을 이야기하며 스스로 답을 찾을 수 있기를 바랐습니다. 자신의 아픔을 하나의 영화 스토리로 바라보며 그 안에서 어떤 성장을 해야 하는지 찾아갈 수 있도록 안내했습니다. 자신이 하찮은 배역을 맡은 작은 존재라고 생각하나요? 주어진 스토리 안에서 자신의 역할을 완벽히 소화해 진정 나의 목표를 이룬 자로 살 것인지, 다른 이의 배역을 부러워하며 자신의 역할을 무시하고 대충 연기하며 살 것인지는 우리 모두에게 주어진 자유의지입니다.

아버지가 자신의 역할을 충실히(!) 해나가는 것을 보며 청년은 삶에서 어떤 것을 배웠으며, 이런 상황이 주어진 자신은 어떻게 자기 역할에 충실한 삶을 살 것인지 생각할 시간을 가질 수 있게 되었습니다.

누구나 각자에게 주어진 역할이 있다는 이해와, 그로 인해 성장할 수 있는 곳이 우리 인생이라는 것을 깨닫는다면, 우리의 영혼이 모두 하나로 연결되어 있음을 알게 될 것입니다. 이것이 바로 개별의식에서 전체의식으로 나아가는 첫걸음입니다.

이 지혜를 몸으로 습득하기 위해서는 자신이 피하고 싶은 상황을 정면으로 마주해야 합니다. 청년은 아버지를 찾아가 자신의 마음을 솔직히 이야기했습니다. 아버지를 원망했던 시간이 많았으며, 이를 극복하기 위해 많은 노력을 했고, 지금도 이해하려고 노력 중이라고 했습니다. 아직도 이해 안 되는 부분이 많지만, 아버지의 인생을 존중하기 위해선 자신과 아버지의 물리적 거리가 필요하다는 것을 분명히 표현했습니다. 이제는 자유롭게 자신만의 삶을 살고 싶다고 말했습니다. 아버지가 자신을 세상에 태어나게 해주셨기에 이런 배움과 통찰이 가능했다고 말하며, 감사함을 담은 편지를 아버지께 전달했다고 합니다. 결국 아버지를 원망하는 데 자신의 소중한 삶을 낭비하는 대신 아버지의 악역 역할을 인정하기로 한 것입니다.

청년은 아버지에게 용돈과 함께 손편지를 드리고 정신적 · 물리적 독립을 선포했습니다. 청년은 자신의 불행했던 어린 시절 앞에서 좌절과 한숨 대신 성장을 위한 질문을 했고, 질문한 만큼 몰라보게 성장했습니다. 자기에게 주어진 한정된 시간을 원망 대신 사랑으로 채워나가기 시작한 것입니다. 아버지의 인생 스토리를 있는 그대로 이해하고 존중하려 노력했고, 그 과정에서 아버지 또한 아버지만의 인생에서 스스로 배움을 찾을 기회를 가질 수 있게 되었습니다. 그토록 원망했던 대상을 통해 모든 존재가 존중받을 가치가 있음을 확인함으로써 그는 자신뿐 아니라 아버지의 성장에도 큰 영향을 미친 것입니다.

자신의 표현과 결단으로 비록 안 좋은 결과가 닥친다 해도 성장이 멈추는 것이 아닙니다. 보이는 게 전부가 아니기 때문이지요. 청년은 아버지를 변화시키려는 애씀을 놓아버리고 자신을 선택함으로써 진정한 자기 사랑을 이루어나가고 있는 것입니다. 나는 이 스토리가 여기서 끝이 아니라는 것을 압니다. 더 큰 성장이 청년을 기다릴 것이고, 인생에서 승리하는 자로 남으리라는 것을 알고 있습니다.

연기자가 어떤 배역을 맡을 땐, 그 배역이 자신이 아니라는 것을 알고 있습니다. 다만 자기가 해야 할 일이고, 연기자의 본분에 맞게 자신의 역할을 성공시키기 위해 노력하는 것입니다. 영혼 역시 마찬가지입니다. 당신의 영혼이 당신의 삶을 선택했을 땐 오직 성장을 위해서임을 알아야 합니다. 삶이 기억을 무기 삼아 수시로 당신을 흔들어놓는다 해도 당신은 이미 준비된 영혼이기에 지금 이곳에 있는 것입니다. 나를 가로막고 있는 모든 것을 충분히 극복하고도 행복하기 위해 당신이 존재한다는 것을 꼭 기억해야 합니다.

에고가 영혼을 지배할 때 vs. 영혼이 에고를 지배할 때

당신에게 이름이 없고, 성별이 없으며, 나이를 알 수 없다면, 당신을 무엇으로 표현할 수 있을까요? 당신에게서 누군가의 아들, 딸, 엄마, 아빠라는 역할을 지워봅시다. 그러면 당신은 무엇으로 존재하나요? 죽음에 이르러 육체마저 없어진다면, 대체 당신은 누구라고 할 수 있으며, 무엇이 남는 것일까요?

이런 의문을 살면서 누구나 한 번쯤 가져보았을 것입니다. 나라는 존재에 대한 자연스러운 궁금증이지만, 질문의 답을 찾는 이는 극소수입니다. 그 이유는 당신 영혼의 본질을 망각한 채 에고(ego)가 당신이라고 착각하고 있기 때문입니다.

이해를 돕기 위해 간단한 그림을 준비했습니다.

우리는 모두 영혼이 존재하는 깨달은 존재입니다. 다만 몸이라는 옷을 입어 거짓자아인 에고가 생겨났으며, 이 에고는 마음을 통해 자

〈그림 1〉 에고가 영혼을 지배할 때

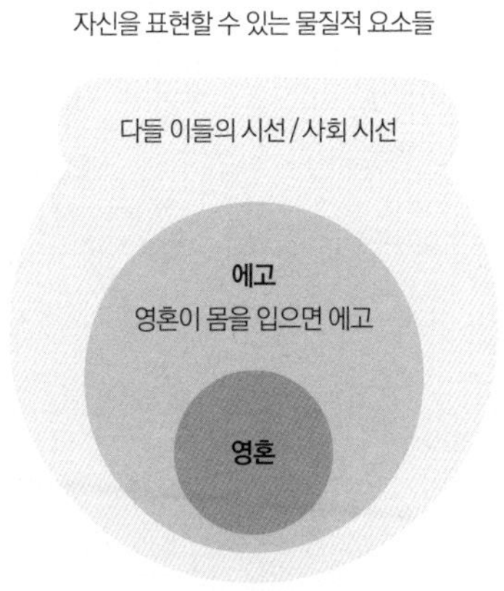

자신을 표현할 수 있는 물질적 요소들

다들 이들의 시선/사회 시선

에고

영혼이 몸을 입으면 에고

영혼

- 다른 이들의 시선으로부터 자유롭지 못하다.
- 나를 표현할 수 있는 것을 물질적인 것으로 제한한다.

  예) 좋은 차, 좋은 집으로 부를 과시하며 자신의 존재를 물질로 나타내고 싶어 한다.
- 존재와 신성을 자각하지 못한다.
- 신을 외부에서 찾으며, 외부세상에만 집착한다.
- 삶의 마지막 순간까지 가져갈 수 없는 것들에 집착한다.

  예) 돈, 집, 차, 친구, 부, 성공 등
- 죽음의 순간, 이루지 못한(영혼의 숙제) 후회의 마음을 안고 떠난다.
- 정화되지 않은 과거의 기억이 현재에 영향을 주는 삶을 살게 된다.

신을 표현합니다. 자신이 깨달은 존재임을 망각한 채 아직도 에고 안에서 잠들어 있을지, 영혼을 인식하고 깨어난 삶을 살 것인지는 개인의 자유의지에 달려 있습니다.

누군가가 나에게 이런 질문을 했습니다. "당신은 그럼 영혼을 믿는 쪽이군요." 나는 분명하게 이야기해주었습니다. "믿는 것이 아니라, 아는 것입니다. 믿는 것과 아는 것은 큰 차이가 있습니다."

아는 것이 틀렸을 수도 있다는 가정을 내린다 한들 나에겐 상관없습니다. 영혼의 상태는 오로지 체험을 통해 느낌 안에서 존재하기 때문입니다. 이 역시 개인의 자유의지로 느낄 수 있는 경험입니다. 다만 내면을 향한 당신의 선택을 존중할 뿐입니다.

이 책은 〈그림 2〉의 삶을 살 수 있도록 안내해주는 역할을 합니다. 당신은 지금 영혼이 성장하여 에고를 사랑할 수 있는 방법을 훈련하고 있는 것입니다. 우리의 일상이 도구가 되어 내적 탐구를 반복하고, 명상을 통해 영혼의 존재 상태를 느끼는 훈련이 의식성장의 길입니다. 오로지 이것만 무한반복하면 됩니다.

의식이 전환되면 점진적으로 일상의 변화가 생기고 새로운 인연이 나타나게 될 것입니다. 새로운 환경과 인연 안에서 자신의 내면을 꾸준히 바라보고 명상을 통해 영혼을 확장시키기만 하면 됩니다. 이 반복훈련은 영혼 너머의 존재함과 더 나아가 신성을 느끼게 해줄 것입니다.

〈그림 2〉 영혼이 에고를 지배할 때

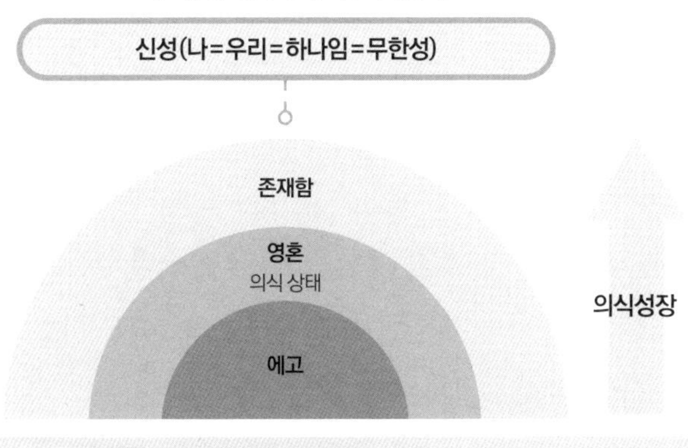

신은 '사랑'이다 = 사랑은 '신'이다
영혼은 신의 일부이다
나는 영혼으로 존재한다
나는 사랑이다 = 나는 신이다
자'신' = 내면 안내자

- 다른 이들이 아닌 자신의 시선이 어떤 의식인지 체크한다.
- 나를 표현할 수 있는 에고를 활용한다.

예) 인생에 명확한 비전을 세워 에고의 특성을 활용한다(열정, 끈기 등의 마음을 활용하여 영혼의 일을 도와준다).

- 에고의 목표가 아닌 높은 의식을 향한 비전이 생긴다.
- 비전을 향한 모든 행동에 두려움이 아닌 확신과 믿음이 함께한다.
- 삶이란 꿈 같은 찰나의 순간임을 자각하여 지금 이 순간에만 존재하는 힘을 발휘한다.

예) 꿈을 이루기 위한 매 순간의 **열정** / 아이디어를 실현하기 위한 **행동력**
사랑하는 사람들과의 **교감** / 과거, 미래에 대한 걱정과 두려움을 **내려놓음**
순간을 사는 **현존 상태**

에고가 영혼을 지배했을 때의 삶과 영혼이 에고를 지배했을 때의 삶의 차이가 머리로만 이해되는 수준이라 해도, 성장을 위한 마음이 준비되었을 때 어느 순간 가슴을 통해 느낌으로 다가올 것입니다.

에고가 영혼을 지배할 때는 수많은 '마음'이 당신과 함께합니다. 그 마음은 당신이 용기 대신 두려움에 걸리고, 도전 대신 안전한 울타리에 안주하게 합니다. 안전한 울타리가 조금이라도 위협받는다 느끼면 두려움 속에서 괴로워하게 합니다.

하지만 영혼은 끊임없이 마음을 놓아버리는 과정을 반복하며 성장합니다. 마음을 놓아버리면 어떠한 어려운 일도 자신의 성장으로 받아들이며 인생을 여유롭게 즐길 수 있게 됩니다. 자신의 에고 또한 사랑으로 감싸안을 줄 알게 됩니다. 당신은 이제부터 마음에서 벗어나 두려움 없이 세상을 살아가겠다고 스스로 다짐하면 되는 것입니다.

의식성장 솔루션

자'신'을 위한 한 문장 다짐!

- 나는 에고가 아닌 존재 상태에서 세상을 바라본다.
- 나는 살아 숨 쉬는 자아 '신'이다.

의식의 우월감에서 벗어나라

명상을 통해 마음의 고요를 찾은 한 여성이 있습니다. 그녀는 꾸준한 내적 탐구와 명상으로 많은 정화 과정을 이루어냈습니다. 그리고 사랑하는 부모님과 아끼는 직장 동료들에게도 명상을 권유했습니다.

그녀는 나를 찾아와 이렇게 말했습니다.

"친정엄마가 걱정 가득한 잔소리를 할 때마다 듣기가 싫어요. 회사에서도 마찬가지예요. 의식이 맞지 않는 사람들과 대화하는 게 점점 불편해져요. 하지만 그들은 명상을 여유 있거나 정신적 문제가 있는 사람들이나 하는 거라며 해보려고 하지 않아요. 어떻게 하면 그들을 변화시킬 수 있을까요?"

나는 그녀에게 질문했습니다.

"그들에게 명상을 권유하는 이유가 무엇인가요? 당신과 대화가 통하지 않기 때문인가요? 아니면 그들이 당신의 마음을 불편하게 하기 때문인가요?"

"부모님은 걱정이 너무 많으시고, 동료들은 작은 일로도 예민하게 반응하고 늘 불만투성이에요. 명상을 하면 저처럼 평온함을 유지할 수 있을 텐데, 그래서 안타까워요."

"당신이 평온하다면 그 평온 속에서 그들을 바라보겠네요. 평온 속에서 그들을 바라보는데 무엇이 문제가 될까요?"

"그들도 평온해졌으면 좋겠어요. 나처럼 감정에서도 자유로워졌으면 좋겠어요."

"그렇다면 당신은 지금 그들을 평온하지 않은 상태로 바라보고 있군요. 평온한 사람은 주변이 아무리 시끄러워도 그 안에 존재하는 평온함을 바라보는 법이니까요."

"하지만 그들의 불만과 잔소리를 들으면 제 감정이 많이 흔들린다구요."

"명상은 오로지 내면을 향하는 작업입니다. 그들을 보며 내 감정이 왜 흔들리고 있는지 찾으셔야 해요. 당신이 그들에게 무엇을 내어줄 수 있는지만 생각하세요. 우리는 내가 가지고 있는 것만 내어줄 수 있을 뿐입니다. 그들을 변화시키려 하지 말고, 내가 사랑을 얼마큼 줄 수 있는지에 집중하셔야 해요. 명상은 나를 바라보는 것이지, 상대를 바꾸기 위해 활용하는 것이 아닙니다."

우리는 의식에 대한 '마음'의 함정을 꼭 알아야 합니다. 안타까운 마음에 사람들에게 명상을 권유했다면, 자신이 남들보다 높은 의식을 갖고 있다는 우월감이 생긴 것입니다. 누군가 나의 평온한 마음을 자꾸 불편하게 건드린다면, 그것이 당신의 우월감에서 비롯된 것임을 알아차려야 합니다. 당신이 의식을 높이는 훈련을 지속하면 어느 순간 일상적인 대화들이 거슬립니다. 의식이 성장하면서 마음은 자리를 빼앗기지 않으려 소리 없는 저항을 시작하기 때문이지요. 이때 마음은 당신을 향해 이렇게 속삭일 것입니다. '저 사람은 의식이 낮으니 네가 알려줄 필요가 있어. 빨리 가르쳐줘! 아니면 그냥 무시하고 상대하지 마.'

이런 식의 소통은 상대도 똑같이 마음으로 받아들이면서 방어적인 태도를 취하게 만들 뿐입니다. 이렇게 자신의 의식이 우월하다는 생각을 쥐고 있는 한 당신은 불편한 마음에서 해방될 수 없습니다. 그렇게 마음은 또다시 평온을 가져다준 의식을 흔들어 정신을 흐려놓습니다.

마음의 우월감 내려놓기

마음의 우월감을 내려놓을 수 있는 두 가지 방법이 있습니다.

첫째, 자신만의 공간에서 고요히 상대(당신의 마음을 건드리는 사람)가 되어보는 것입니다.

내 마음이 시끄러우면 감미로운 음악도 시끄럽게 들리는 법입니다. 당신을 힘들게 하는 이들은 당신의 마음 상태를 알려주는 스승과도 같습니다. 상대가 되어보는 훈련은 역으로 내가 세상에서 해야 할 역할이 무엇인지를 확실히 알게 해줍니다. 당신의 우월감을 건드린 사람이 부모라면, 부모님의 삶을 그들이 태어난 순간부터 현재까지 상상하며 느껴보세요. 또는 배우자라면 그의 탄생부터 지금까지를 상상하며 느껴보세요. 그러기 위해선 그들에게 어떤 삶을 살았는지 물어보고, 온전히 그들의 삶을 이해하기 위해 경청해보는 것이 선행되어야 합니다.

오롯이 그 사람이 되어 그의 시선으로 세상을 바라보면 많은 부분이 이해가 됩니다. 당신이 이해하는 마음을 내는 순간 감정으로 흔들렸던 세포들이 빠른 속도로 자신의 자리에 정렬합니다. 당신의 진동 속도가 달라지는 것이지요. 이는 또 다른 의식성장의 문을 열어주는 열쇠가 됩니다. 즉, 당신을 위한 그들만의 역할이 있었다는 것을 깨닫게 됩니다. 상당한 시행착오를 겪는 훈련이 될 수도 있지만, 이것이 명상을 통해 신성의 에너지장에 접속할 수 있는 가장 강력한 방법입니다. 우리 모두가 하나이며 연결되어 있음을 이해하기 위한 첫걸음이 시작된 것이지요.

의식성장 솔루션

상대의 입장이 되어보는 명상 훈련

1. 상대가 어떤 삶을 살았는지 질문하며 그의 말을 경청한다.
2. 조용한 곳에서 상대의 입장이 되어 그의 삶을 느껴본다.
3. 나와의 인연으로 그가 나의 성장을 도왔음을 의식적으로 느껴본다.
4. 상대의 몸과 마음이 아닌 그 너머의 신성을 향해 감사를 전한다.

관계 회복을
위한 명상

둘째, 판단과 비교를 멈추고 있는 그대로 바라보는 것입니다.

판단하는 것을 멈추기 힘들다면 인정하는 법을 배우면 됩니다. 어떤 삶이든 그렇게 사는 데는 다 그럴 만한 이유가 있음을 알아야 합니다. 그 이유를 다 알 수는 없지만, 그저 그럴 만한 이유가 있다고 인정하면 마음이 가벼워집니다. 앞에서 말한 여성의 어머니를 예로 들어보겠습니다. 그녀는 자신과 어머니가 살았던 시대의 차이를 이해하지 못한 채 어머니의 잔소리가 불편하다는 것에만 마음이 집중되어 있었습니다. 나와 달리 형성되었을 어머니의 생각과 마음에 대해 인정하지 않으니 잔소리가 자꾸 나를 건드리는 것입니다.

부모님의 시대적인 희생이 있었기 때문에 우리가 이 좋은 시대에서 살고 있음을 자각해야 합니다. 내가 어머니를 내 잣대로 판단하는 일을 멈추지 않는다면, 내 자녀들 또한 언젠간 나의 인생을 함부로 판단하는 악순환을 반복할 것입니다. 나를 통해 나가는 말과 생각의 에너지는 어떤 방식으로든 나에게 다시 돌아옵니다. 이것이 부메랑의 법칙입니다.

당신이 뱉은 말과 생각이 결국 당신에게 돌아온다는 이 놀라운 우주의 법칙을 알기 시작했다면, 이제는 그에 걸맞는 대화법을 배울 차례입니다.

당신이 누군가를 판단 없이 있는 그대로 바라보고 이해하기 시작할 때 당신 또한 자신을 판단 없이 있는 그대로 바라볼 수 있게 됩니다. 자신의 잣대로 누군가를 판단하고 비교하는 것은 정작 중요한 자신을 외면한 채 다른 사람에게 에너지를 쏟고 있는 의식 상태입니다.

우리는 자신을 사랑할 때 비로소 다른 이들을 사랑으로 대할 수 있습니다. 내 삶을 사랑해야 다른 사람의 삶도 소중하다는 것을 알게 됩니다. 그것이 마음으로부터 해방되는 길입니다.

의식성장 솔루션

마음의 우월감에서 벗어나게 해주는 대화법

1. 상대와 대화하면서 즉각적으로 반응하지 말라.
2. 잘 경청하고, 침묵하며 내면의 소리를 들어보라('상대에겐 그럴 만한 이유가 있을 것이다' 생각하며 내 마음의 소리를 잠재워라).
3. 상대를 판단하지 말고 이해와 인정으로 대화하라. 동시에 나의 상태를 알려라.

   예) "나는 엄마가 날 걱정하는 걸 이해해. 그래도 나는 엄마가 날 믿어주었으면 좋겠어."

   "나는 당신이 그렇게 화를 내는 데는 그럴 만한 이유가 있다고 생각해. 나는 언제든 당신과 더 좋은 대화를 할 준비가 되어 있어."

깨어남을 위한
새 시대 명상 훈련

많은 사람이 자신의 내면을 들여다보길 두려워하는 이유 중 하나는 깨달음에 대한 관념 때문입니다. 깨달음을 얻는 것은 어려운 일이고, 자신이 가진 것들을 내려놓아야 한다고 생각합니다. 종교에서는 깨달음을 어떻게 표현하는지 살펴보겠습니다. 예수님은 십자가를 메고 모든 이들의 죄를 짊어졌습니다. 석가모니는 가족과 떨어져 홀로 깨달음을 향한 수행의 길을 걸었습니다. 그로 인해 깨달음을 얻고자 한다면 힘든 수행법이 동반되어야 한다고 생각합니다.

모든 종교에서 전하는 공통점은 '신의 사랑'입니다. 당신이 생각하는 '신의 사랑'은 무엇인가요? 내가 내면 여행을 통해 알게 된 '신의 사랑'은 사랑으로 존재함, 그 느낌의 상태입니다. 그 느낌은 오직 그 상태가 되어야만 알 수 있습니다. 부모의 마음을 알기 위해선 부모가 되어봐야 하듯이 말이지요. 신의 사랑을 알기 위해선 신이 되어보는 경험이 필요한 것도 같은 맥락입니다. 신이 되어보는 경험은 사랑임을 온전히 느껴보는 의식의 장 안에서 체험할 수 있습니다.

하지만 내가 부모가 되었다고 해서 내 부모님의 마음을 온전히 이해할 수는 없습니다. 신이 되어보는 사랑의 에너지를 경험했다고 신을 온전히 이해한다고 할 수 없는 것도 같은 이치입니다. 아직은 돌봐야 할 감정들이 많기 때문입니다. 하지만 온전히 이해하지 못한다 해도 부모라는 사실은 변하지 않는 진리입니다. 당신 역시 마찬가지입니다. 영혼의 상태와 마음의 상태로 살아가는 방식은 다를 수 있지만, 그 모든 삶을 살아가는 것은 자'신'입니다. 이 역시 변하지 않는 진리입니다. 그리고 이 모든 경험은 당신이라는 존재가 있어야만 가능하다는 것을 인식해야 합니다. 당신이라는 존재가 온 우주를 통틀어 가장 중요하다는 것을 알아야 합니다. 신의 사랑을 느끼는 것도 당신이 존재해야만 가능한 것입니다.

아이가 태어나려면 부모가 있어야 합니다. 당신의 영혼 역시 신성의 사랑에서 탄생했으니, 당신은 사랑으로부터 태어난 존재입니다. 당신의 존재 자체가 소중하고 기적인 이유입니다. 다만 자신의 본질인 사랑을 잊은 채 마음으로 살아가고 있을 뿐이지요.

조건 없는 사랑을 되돌려주는 길

우리 모두는 깨달은 존재입니다. 영혼 자체가 깨달은 존재 상태이기 때문입니다. 우리가 해야 할 일은 내면에 있는 사랑의 본질을 확장시키기 위해 마음으로부터 깨어나는 것입니다. 무거운 마음은 내면의 눈꺼풀을 감기게 해 신성이 깨어날 수 없도록 잠든 상태를 만들어버립니다. 그 무거운 마음을 벗겨내는 작업은 오로지 관심에서 시작됩니다. 관심으로 무거운 마음을 한 꺼풀씩 벗겨내는 작업이 내적 탐구이며, 영혼을 눈뜨게 하고 시야를 넓히게 하는 작업이 명상입니다.

그렇게 깨어남을 체험하게 됩니다. 그로 인해 에고의 모습들이 하나씩 벗겨질 때 신성한 사랑을 체험하며 그 사랑이 자'신'임을 알게 되는 것입니다. 당신은 사랑 그 자체가 되어 사랑으로 존재하게 됩니다. 그때 당신은 어디서 누구와 만나더라도 사람들의 내면에 존재하는 신성을 느끼게 될 것입니다. 그들의 삶의 경험을 축복하며 사랑을 담아 용기와 믿음을 주는 사람이 될 것입니다. 굳이 말을 하지 않아도 당신의 내적인 파동만으로 그들을 변화시킬 수 있게 됩니다. 당신은 본래부터 사랑으로 태어난 존재이기 때문입니다.

이제 신의 사랑에는 큰 희생이 따른다는 오랜 관념으로부터 자신을 해방시켜보세요. 당신이 믿고 있는 신은 사랑이기에 그 사랑 안에는 어떤 조건들도 없다는 것을 알아야 합니다. 신은 조건 없는 사랑으로 존재합니다. 당신을 조건에 가두어 사랑을 판단하지 않습니다. 당신이 신으로부터 무한한 사랑을 받고 있음을 믿어야 합니다. 적어도 나의 내면 여행을 통해 경험한 신의 사랑은 그러했습니다. 그리고 그 사랑이 당신을 어떻게 변화시켰는지는 삶으로서 증명해야 하는 것입니다.

깨어난 사람들은 시대의 흐름에 맞게 자신만의 지혜를 나눕니다. 종교 이외에도 춤을 통해 사람들에게 열정을 불어넣어줄 수도 있습니다. 누군가는 아름다운 목소리와 음악을 통해 지혜를 전달할 수도 있습니다. 때로는 미소나 위로의 말 한마디가 될 수도 있습니다. 당신 주변의 모든 사람이 깨달은 자이고 깨어난 사람들임을 자각하며 지켜보세요. 당신 또한 자신만의 방법으로 새 시대에 맞게 당신의 사랑을 표현하면 되는 것입니다. 그 행동들이 모여 많은 사람이 높은 의식을 향할 수 있도록 도와주는 나비효과를 불러일으킬 것입니다.

시대는 변했지만, 신성의 사랑은 변하지 않았습니다. 시대에 맞는 전달 방법이 변했을 뿐입니다. 이 역시 선구자들의 깨어남이 있었기에 가능했습니다. 그들과 하나가 되어 연결감을 느껴보세요. 이제부터는 당신의 시대를 열어보는 것입니다.

깨어남을 위한 다짐 명상

- 가장 편안한 장소에서 눈을 감고 편안한 자세로 앉는다.
- 들숨과 날숨의 호흡 속도를 최대한 느리게 하며 몸을 이완한다.
- 당신이 믿는 종교가 있다면 그 종교의 깨달음에 대한 이미지를 그려본다 (종교가 없다면, 다양한 종교에서 만들어낸 깨달음의 장면을 떠올려봐도 좋다).
- 그 이미지가 깨달음에 대한 나의 관념에 어떤 영향을 주었는지 관찰한다.
- 나의 관념이 어디로부터 온 것인지 인식했다면 다음과 같이 이야기한다.

  "감사합니다. 나의 신성이여, 당신을 통해 제가 이 자리에 있습니다.
  감사합니다. 나의 신성이여, 당신의 사랑을 저는 느끼고 있습니다.
  사랑하는 나의 신성이여, 시대적인 당신의 깨어남으로
  제가 이 자리에 있습니다.
  당신에게 감사와 사랑을 전합니다.
  저는 이제 시대적 흐름에 맞게 당신의 사랑이 나를 통해
  세상에 펼쳐지길 허용합니다.
  나를 통해 당신의 사랑과 지혜, 능력이 펼쳐짐을 허용합니다.
  당신의 사랑을 온전히 느낄 수 있도록 제가 지금 이곳에
  있음에 감사드립니다.
  나는 나의 깨어남을 허용합니다.
  나는 나의 깨어남을 허용합니다."

- 그 느낌과 함께 오랜 시간 가만히 머문다.

의식성장을 위한 명상

오직 나에게 집중해야 하는 이유

나는 이 책을 통해 내 인생에 변화를 가져다준 몇몇 체험에서 얻은 메시지들을 담아내고 있습니다. 책에서 제시하는 솔루션을 통해 스스로에게 질문을 던져 내가 누구인지에 대한 의구심이 일어나기를 바랍니다. 그 이유는 의식의 힘에 대해 당신에게 들려주고픈 한 가지 경험이 있기 때문입니다. 우리가 흔히 말하는 '가위눌림'을 활용하여 의식을 깨우는 방법에 대한 이야기입니다. 이를 체험하길 바란다면 먼저 책에서 소개한 정화 과정을 꼭 실천하기를 바랍니다.

가위눌림 상태에서 의식이 깨어나다

나는 특별한 체험 이외에도 가위눌림이 베이스가 되어 의식이 깨어날 수 있는 방법을 터득하게 되었습니다. 이 경험은 보이지 않는 영성 차원과 보이는 현실의 연결고리를 지속적으로 확인할 수 있는 작업이 되어주었습니다. 쉽게 설명하자면, 일상에서 자신을 바라보기 시작한 내적 탐구가 우리 눈에는 보이지 않는 또 다른 차원에 어떤 영향을 주는지 확인하게 된 것입니다.

어릴 적부터 나는 자주 가위눌림에 시달렸습니다. 그로 인해 몸에서 작은 움직임이 있어야 가위눌림에서 벗어날 수 있다는 것을 알게 되었지요. 몸을 어떻게 반응해야 하는지 알았기 때문에 내게 가위눌림은 별로 대수롭지 않은 일이었습니다.

어느 날 잠든 상태에서 가위눌림의 전조 증상인 몸의 압박감이 느껴졌습니다. 정신만 깨어난 상태여서 눈앞에 흐릿한 형체가 보이기 시작했습니다. 당시 꾸준한 명상을 하고 있던 나는 몸이 아닌 의식에 집중할 때 어떤 일이 일어나는지 실험해보기로 했습니다. 가위눌림 현상이 일어나면 엄청난 몸의 압박감을 느낍니다. 신체의 작은 미동을 이용해서 의식과 몸이 하나가 되면 깨어나면서 압박감에서 풀려날 수 있게 됩니다.

이날은 깨어나지 않고 오히려 명상 상태가 되어 몸을 이완시키는데 집중했습니다. 압박감이 느껴지는 몸을 최대한 이완하여 의식에만 집중했습니다. 그리고 주문과 같이 '나는 내 의식의 주인이다'를 반복적으로 외쳤습니다. 그 결과는 놀라웠습니다. 이 책의 처음 부분에서 소개한, 의식이 깨어난 것과 같은 상태가 된 것입니다. 다른 점이 있다면, 위로 향하는 의식이 아닌 내 밑바닥을 알 수 있는 의식이 깨어났다는 것입니다.

평상시 가위눌림을 경험할 때는 정신적 · 육체적인 피로가 몰려올 때입니다. 그때 의식이 깨어나 낮은 자아의식 상태를 경험하게 되는 것입니다. 낮은 자아는 무의식이 될 수도 있고, 내 말과 행동 뒤에 숨겨진 음흉한 본마음이 머무는 차원의 공간일 수도 있습니다. 그곳에서의 의식 여행으로 내 마음의 본질을 알 수 있었고, 사념체(생각들思念로 이루어진 존재. 쉽게 말해서 실제로 존재하지 않는데 사람의 염원이 모여서 생긴 형체 같은 것을 말함)를 이해할 수 있게 되었습니다. 다행스러운 것은, 나는 많은 정화 과정을 거쳤기에 그 차원에서 흉측한 형체를 보거나 두려움을 마주하지는 않았습니다. 그곳엔 나의 모든 본질적 생각이 담겨 있어 정화되지 않은 부분이 두려운 형체로 표현되는 곳입니다.

이 경험을 통해 확실히 알게 된 것이 있다면, 나는 절대 누구를 속일 수 없다는 것입니다. 예를 들어 힘들어하는 지인에게 따뜻한 말을 전하거나 고마운 사람에게 감사를 전할 때 가식이 조금이라도 섞여 있으면 그 본질을 알아차릴 수 있다는 것입니다. 그 에너지는 가위눌림에서 보이는 형체들처럼 자신도 모르게 내면에 자리 잡아 우리의 생각을 조종하여 판단이 흐려지게 합니다.

가식적으로 누군가에게 위로를 전했을 때, 본질을 담고 있는 차원에서 당신을 조절하는 에너지는 다음과 같은 역할을 합니다. 나에게 배려를 베푼 사람을 보고 겉과 속이 다를 수 있다며 사람을 믿시 않는 본질 차원의 마음 지배를 받게 되는 것입니다. 있는 그대로 보는 눈을 가려버리고 자신만의 비교와 판단을 만들어내는 차원입니다. 이 차원을 정화 과정 없이 방문하면 정화되지 않은 사람이 만들어놓은 수많은 형체와 두려움을 마주하게 됩니다. 그 차원에서 만난 모든 것들이 자신임에도 불구하고 두려움에 떨고 부정적인 에너지에 휩싸이는 것입니다. 하지만 그 모든 것이 자신임을 깨닫고 이 차원을 방문하면 형체들은 사라지고 오로지 빛만을 느끼는 차원으로 이동하게 됩니다.

나로부터 나간 것은 고스란히 나에게로 돌아온다

존재는 모두 하나로 연결되어 있어 나를 알면 다른 사람들 또한 알 수 있습니다. 내가 신의 자녀라면 다른 사람도 신의 자녀인 것입니다. 이렇게 연결되어 있기 때문에 누군가를 판단하는 데 오히려 독이 될 수도 있는 것을 알기에 오로지 내 마음속 깊은 본질을 바라보는 데 집중했습니다. 그리고 나는 침묵의 힘을 알기 시작했습니다. 당신이 성공적인 삶을 살고 싶다면 보이지 않는 차원에 부정적인 마음이 자리 잡지 않게 해야 합니다. 다시 말해 사랑에서 출발하지 않은 말과 행동, 생각은 차라리 표현하지 않는 것이 더 낫다는 것입니다. 당신이 누군가를 판단하고 비판하는 행위가 내면 깊숙이에서 자기 자신을 심판하는 것과 같다는 원리를 깨닫는다면, 침묵을 선택하는 것이 당신을 위한 길이라는 말을 이해할 것입니다.

나를 통해 나오는 말의 시작점을 알기 위해선 침묵하며 자신을 더욱 깊이 들여다보아야 합니다. 스스로 마음의 본질을 알아차릴 때 보이지 않는 차원의 에너지에 변화를 가져다줄 수 있습니다. 부정적인 마음을 알아차림과 동시에 그 에너지는 점차 힘을 잃고 소멸합니다. 침묵 속에서 당신의 생각과 본질을 바라볼 때 세상은 당신의 힘을 알아차리고 원하는 삶을 살 수 있게 도와줍니다. 내면 깊은 곳에 자리 잡은 어두운 그림자가 없어졌음을 알았기 때문입니다. 그림자가 사라진 당신은 어느 순간 빛으로 존재하는 사람이 되어갑니다. 빛이 된 당신은 어둠을 밝혀주는 존재가 되는 것입니다.

나에게 다가왔던 신비 체험과 영적 체험들은 마치 내면의 스승이 나에게 가르침을 주듯 적당한 시기에 찾아와 내게 조화로운 교훈을 안겨주었습니다. 그렇게 일상에서의 변화가 시작되었고, 그 변화만큼 영적인 부분도 함께 성장했습니다. 당신에게 아직 영적인 체험이 없다면 일상의 변화를 먼저 경험해보아야 합니다. 일상의 변화가 눈에 보이지 않는 차원의 성장을 가져오고, 당신이 가진 본래의 힘을 되찾을 수 있는 다양한 신호를 경험하게 해줄 것입니다.

긍정적인 영적 체험은 일상에 확실한 변화를 가져다줍니다. 이 말은 곧 일상에 긍정적 변화를 주면 영적 체험도 가능하다는 것입니다. 영적 성장을 위해 다른 사람을 향한 판단을 멈추고 오로지 자신만을 바라보며 세상이 당신을 위해 존재한다는 것을 느껴보시길 바랍니다.

CHAPTER FIVE

내 안의 신성이 눈을 뜨다

신의 사랑, 지혜, 능력을 사용하는 법

"나는 내가 창조한 이 모든 현실을 존중하며 사랑합니다.
이 모든 상황은 나를 위한 신의 선물입니다."

나 자'신'이
곧 신성이다

"생각대로 살지 않으면 사는 대로 생각하게 된다."

누구나 한 번쯤은 들어보았을 법한 말이지요. 프랑스의 소설가이자 비평가인 폴 부르제의 명언입니다. 사람들이 이 간단한 법칙을 어려워하는 이유를 괴테는 다음과 같이 표현했습니다.

"생각하는 것은 쉬운 일이다. 행동하는 것은 어려운 일이다.
생각한 대로 행동하는 것은 더욱 어려운 일이다."

사는 대로 생각하는 사람들에게서 나타나는 공통점은 생각하는 방법을 모른다는 것과, 자신에게 한계를 두어 행동에 제약이 따른다는 것입니다. 더 중요한 점은 꿈을 꾸지도 않는다는 것입니다. 그 이유는 자신이 누구인지 모르기 때문입니다. 자신에 대한 자각이 무지한 것은 우리가 살아온 환경과도 깊은 관계가 있습니다. 가정과 학교에서 내면에 대한 적절한 교육이 이루어지지 않았기 때문이지요. 대부분의 사람들은 사는 대로 생각하는 환경에서 자라게 됩니다. 꿈보다 의식주를 해결하는 삶 속에서 꿈과 물질적 풍요에 대한 분리된 관념이 만들어지지요.

자라면서 어릴 적 꿈을 포기하는 이유는 물질적 두려움이 내면에 뿌리 깊게 자리 잡고 있기 때문입니다. 예를 들어, 부모님이 돈 때문에 다투거나 누군가를 험담하는 기억이 있다면 아이들의 마음속에 '돈은 나쁘다'라는 관념이 생깁니다. 부정적 인식을 가진 상태에서 돈을 벌면 무의식 속에서 자신을 나쁜 존재로 인식합니다. 돈은 나쁜 것이기에 돈을 많이 벌 수 있는 아이디어와 영감까지 무의식 속에서 차단시킵니다. '돈을 버는 나는 나쁜 사람'이라는 무의식 속 관념이 자신에게 한계를 만들어 행동에 제약을 주게 되는 것입니다.

관념 속 '돈은 나쁘다'라는 기억 = '내가 돈을 많이
벌면 벌수록 나쁜 사람이 되는 것이다'라는
착각 속에서 자신은 성공할 수 없다는 한계를 지어,
꿈을 이루기도 전에 포기하고 사는 대로 생각하게 된다.

우리가 여기서 부모님이나 자라온 환경을 탓한다면 이 책의 처음으로 돌아가 솔루션을 무한 반복하여 관념박스를 허물어야 합니다. 자신이 누구인지 알기 위해 부모님이 나를 위한 통로가 되어주었다는 사실을 인지한 뒤 다음 내용을 이해해봅니다.

나는 신성의 사랑으로 태어났다

시간적 · 경제적 · 정신적 풍요와 아이디어가 당신 안에 충분히 넘쳐흐르고 있다고 하면 당신은 어떤 생각이 들까요? 이 질문에 의심이 든다면 이렇게 생각해봅시다. 태어난 자식에게 너는 가난하게 살기 위해 태어났다며 꿈을 한정지어놓고 성장하길 바라는 부모가 있을까요? 아마도 아이에게 너는 사랑받기 위해 태어났으니 하고 싶은 거 하면서 밝게 자라라고 할 것입니다. 이 세상에서 건강, 행복, 사랑 어느 하나 빠짐없이 풍족하게 누리면서 하고 싶은 꿈 다 이루며 살라고 할 것입니다.

당신 안의 신성 역시 마찬가지입니다. 신성은 당신이 삶에서 원하는 것을 하며 행복하게 살길 원합니다. 과거의 아픔을 극복하는 힘 또한 당신에게 부여했습니다. 만약 당신이 꿈을 이루지 못해 두려워한다면 그건 신성에 대한 예의가 아닙니다. 당신이 세상에서 원하는 모든 것을 누리며 행복하게 살도록 탄생시킨 것이 부모이고 신성입니다. 당신은 부모와 신성이 가진 힘을 유전자로 물려받았습니다. 신성의 유전자를 물려받았으니 신이 당신을 통해 세상에서 일하는 것이며, 당신이 꿈을 실현시키는 것은 신이 세상에 사랑을 나누는 것과도 같은 것입니다. 이 원리를 이해한다면 생각대로 산다는 것이 무엇인지 알게 되고, 생각을 행동으로 옮기는 것의 중요성을 깨닫게 될 것입니다.

생각은 눈에 보이지 않는 영성이며, 행동은 눈에 보이는 물질을 만들어내는 결과의 과정입니다. 당신이 사용하는 모든 것들, 예컨대 읽고 있는 책, 앉아 있는 의자, 사용하는 펜, 이동할 수 있는 자동차 등등, 눈에 보이는 모든 것들은 누군가 보이지 않는 생각 속 아이디어를 행동으로 옮겨 발명하고 만들어낸 것입니다. 사람들을 편리하게 하고 세상을 이롭게 하는 방법에 대해 스스로 질문을 던져 답을 찾아 행동한 결과물인 것이지요. 보이지 않는 생각 속에서 솟아오르는 영감과 아이디어가 바로 신성에게 물려받은 유전자입니다.

세상 모든 것들은 생각으로부터 출발했습니다. 이 책 역시 마찬가지이며, 글을 적고 기록할 수 있는 펜과 의자, 자동차도 마찬가지입니다. 신성의 유전자로부터 나온 생각이 물질화되는 과정에서 우리의 행동이 필요하므로, 당신이 꿈을 실현시키는 것은 신성이 세상에 능력을 펼치는 것과도 같은 것입니다. 그것은 곧 신성이 세상에 사랑을 나누는 것이지요. 신의 유전자의 본질은 사랑이기 때문입니다.

이것이 세상 만물을 사랑으로 바라보아야 하는 이유이며, 모든 것이 신이 하는 일임을 증명해주는 것입니다. 영성과 물질을 분리할 필요가 없습니다. 우리는 모두 영적이기에 물질적 행위들도 영적인 것입니다. 하지만 이는 영혼의 자리인 가슴에서 시키는 행동이어야 합니다. 머리와 마음에서 시키는 행동은 꿈을 위해 많은 희생과 노력을 치러야 한다는 무의식의 제약을 받게 됩니다. 이 무의식은 영성과 물질을 분리했을 때 애쓰며 노력하는 상황으로 자신을 몰아가 결국엔 꿈조차 포기한 삶을 살아가게 합니다.

당신이 사는 대로 생각하며 성공하지 못했던 이유는, 당신의 영혼과 물질을 분리했을 때 즐기는 상태가 아닌 애쓰다 끝날 것 같은 두려움의 상태가 올라오기 때문입니다. 당신을 믿어주고 수많은 영감과 아이디어를 준비해놓은 내 안의 신이 든든하게 지키고 있음에도 포기하게 되는 것입니다. 이것이 자'신'을 믿지 않은 결과를 가져오는 것입니다.

하지만 영성과 나, 그리고 물질의 구성을 제대로 이해하면 애써 노력하지 않아도 자연스럽게 즐기며 많은 것을 이루는 삶을 살아가게 됩니다. 당신의 생각 속 떠오르는 모든 것들이 가슴에서 출발했다면, 세상에 이로움을 가져다주는 만큼 물질적 풍요도 누리게 됩니다. 신성의 사랑이 무엇인지를 깨닫고, 영성(가슴)이 시키는 대로 지혜롭게 자신의 능력을 발휘하며 사는 법을 배워야 합니다. 그것이 신이 준 선물이며, 신의 유전자입니다. 그것을 발견하기 위해 명상하며 내적 탐구를 위한 훈련을 하는 것이지요.

이제부터 신의 사랑, 지혜, 능력을 일상에서 사용해보시기 바랍니다. 당신은 풍요롭고, 성장하며, 행복하게 살아야 할 의무가 있습니다. 당신이 행복하게 사는 것이 당신을 탄생시킨 신성이 원하는 길입니다.

모든 것이 나입니다.

영성과 현실을 분리하는 것은

나의 존재를 거부하는 것과도 같습니다.

보이지 않는 차원에서 성장이 일어나도록 하는 방법이

바로 보이는 차원(삶)을 사랑하는 것입니다.

모든 것이 신으로부터 나온 것이기에

자신을 사랑하며,

자신이 사랑임을 아는 것밖에는 없습니다.

신은 당신을 낭떠러지에서 밀어버렸다

영성 책이나 영적 지도자들의 이야기를 들어보면 내면의 신성과 근원에 관한 얘기가 자주 나옵니다. 이 책 역시 마찬가지입니다. 모든 근원의 출발은 신성의 사랑이며, 결국은 말로 표현할 수 없는 빛과 사랑, 에너지에 관한 이야기들을 듣게 됩니다. 근원에서 흐르는 신의 사랑은 체험으로만 느낄 수 있습니다. 아직 경험하지 못했다면, 근원의 사랑과 역할에 대해 잠시 얘기해보겠습니다.

우선 우리 내면에 함께하는 신의 사랑을 나는 '아무 조건 없이 내어줌'이라고 표현합니다. 여기서 '아무 조건 없이 내어줌'에 대한 명확한 이해가 필요합니다. 누군가를 진정으로 사랑하여 내가 가진 모든 것을 나누어주고 상대를 위해 자신을 희생하는 행위를 이야기하는 것이 아닙니다. 이해를 위해 좀 더 설명을 해보겠습니다.

아기참새가 하늘을 나는 법

나무 위에 어미참새와 아기참새가 있습니다. 아기참새는 둥지에서 어미참새가 물어다주는 먹이를 기다립니다. 아기참새에게는 어미참새가 자신을 보살펴주리라는 무한한 믿음이 존재합니다. 아기참새는 어느덧 성장하여 곧 날갯짓을 배워야 하고 먹이 잡는 연습을 해야 합니다. 그러기 위해선 떨어지는 법도 배워야 하고, 무서운 사냥꾼과 호시탐탐 자신을 노리는 짐승들로부터 스스로 보호하는 법도 배워야 합니다. 하지만 아기참새는 그런 것들이 무서워 둥지 안에만 있으려 합니다. 어미참새가 가져다주는 먹이에만 의존하며, 혼자서 살아가는 법을 배우려 하지 않습니다. 나무에서 떨어지는 것이 무섭고 세상이 무서워 하늘을 나는 법을 배우지 못하고 있습니다.

그러나 어미참새는 알고 있습니다. 아기참새와 영원히 함께하지 못한다는 것, 그리고 아기참새는 스스로 날 수 있다는 것을…. 아기참새만이 자신이 날 수 있음을 모를 뿐입니다. 두려움이 앎을 가로막고 있는 것입니다. 어미참새는 아기참새의 성장을 위해 큰 결단을 내립니다. 스스로 나는 법을 알려주기 위해 아기참새를 나무에서 떨어뜨리기로 한 것입니다. 생사의 갈림길에서 아기참새가 스스로 날갯짓을 하리라는 것을 알고 있기 때문이지요.

어미참새는 사랑하고 또 사랑하는 자식을 나무에서 밀어버립니다.

떨어지는 아기참새는 순간의 공포와 맞닥뜨리지만, 땅에 부딪히기 전 온 힘을 다해 날갯짓을 하며 하늘로 높이 올라갑니다. 곧 아기참새는 자신이 날 수 있는 '새'라는 것을 깨닫습니다. 그리고 세상에 나아가 자유롭게 하늘을 날며 진정한 '나'로서 살아갑니다.

조건 없이 내어주는 신성의 사랑

신성의 사랑이 바로 이 어미참새와도 같지요. 사랑하는 자녀에게 스스로 날 수 있는 방법을 알려주기 위해 시련을 가장해 우리를 인생의 낭떠러지에서 밀어버린 어미참새인 것입니다. 오직 자신이 날 수 있음을 깨닫게 해주려는 '진정한 사랑의 내어줌'인 것이지요. 안전한 둥지 안에서만 있으려는 우리에게 자유롭게 날 수 있는 신의 능력이 있음을 알아차리도록 인생이라는 낭떠러지에서 밀어버리는 시련이 필요한 것입니다.

'진정한 사랑의 내어줌'이란 어미참새와 같이 성장을 위해 필요한 것을 아무 조건 없이 나누어주는 것입니다. 여기서 아기참새를 사랑하는 마음에 나는 법을 가르쳐주는 대신 내내 먹이를 물어다주는 자기희생이 내어주는 사랑이라 착각하는 것을 경계해야 합니다. 아기참새는 세월이 흘러 더 이상 먹이를 구할 수 없게 된 어미참새를 원망하며, 자신이 날지 못하는 이유를 이렇게 성장시킨 어미참새 탓으로 돌려버립니다. 어미참새가 왜곡된 사랑의 마음으로 자식을 키운다면, 아기참새는 결국 스스로 날지 못하는 새가 되어버리고 마는 것입니다.

'진정한 사랑의 내어줌'엔 많은 용기가 필요합니다. 내가 믿고 있는 관념에서 벗어나야 할 때도 있고, 원망받을 용기도 필요합니다. 사람들의 시선을 감당해야 하는 모진 선택을 해야 할 때도 있습니다. 사랑하는 아기참새의 성장을 위해 높은 곳에서 밀어야 하는 경우가 생기는 것입니다. 내게 닥치는 모든 시련에 성장을 위한 신의 배려가 숨어 있음을 믿고 기꺼이 가보는 것, 이를 위해 내면의 신의 사랑을 느끼는 체험이 필요한 것입니다.

'진정한 사랑의 내어줌'을 알기 위해선 자신이 사랑임을 알 수 있는 과정을 경험해야 합니다. 우리는 오로지 자신이 가진 것만을 내어줄 수 있는 법칙 안에 살고 있습니다. 내면에 존재하는 신성한 사랑을 느꼈을 때에야 비로소 다른 사람들에게 마음이 아닌 신성이 원하는 것을 내어줄 수 있는 확신과 행동을 할 수 있는 것이지요. 우리에게는 신성한 사랑을 체험하기 위해 시련을 마주하고 낭떠러지에서 떨어질 수 있는 용기가 필요할 뿐입니다. 그 용기를 통해 끊임없는 내적 탐구와 명상으로 '사랑의 존재함'을 느껴보는 것입니다. 그것만이 '진정한 사랑의 내어줌'이라는 의미가 마음이 아닌 신성에서 내어주는 것임을 온전히 알 수 있게 할 것입니다.

당신은 자신을 알고 싶고 확인하고 싶어 삶을 선택한 무한한 존재입니다. 그리하여 사랑이 가득한 신은 이따금 시련이라는 이름으로 우리의 능력을 깨우치도록 안내하기도 합니다. 우리는 내가 선택한 이 삶에서 자유롭게 날 수 있는 법을 배워야 합니다. 이 세상에 어느 부모가 자식을 향해 너는 가난하기 위해 태어났으며 건강을 잃기 위해 태어났다고 이야기할까요? 하고 싶은 것 하고 원하는 것 다 이루며 행복하게 살길 바랄 것입니다.

신성 역시 마찬가지입니다. 사는 동안 누릴 것 다 누리고, 내가 가진 능력도 발휘하고, 사랑하며 살아가길 바랄 것입니다. 그 방법을 알려주기 위해 삶이라는 곳에 우리가 있는 것입니다. 신은 자신이 물려준 능력으로 당신이 세상을 향해 날 수 있기를 간절히 바라고 있습니다. 그리하여 당신 자신이 세상에 드러날 수 있도록 인내하며 사랑으로 믿어주고 있음을 확신해도 좋습니다. 당신은 신의 무한한 사랑과 지혜 그리고 능력의 잠재력을 가진 신의 자녀입니다.

다차원의 에너지를 활용하라

당신 자신에게 한계를 짓지 말아야 하는 이유에 대해 알려줄 것이 있습니다. 당신이 무엇이든 가능한 무한성을 지닌 존재라는 것을 확신할 수 있는 이유는 당신의 모든 생각이 현실이 되는 우주의 법칙 때문입니다. 이것은 기적이 지나가는 것을 보고만 있을지, 기적을 잡는 주인공이 될지에 대한 문제이기도 하지요. 이 원리를 온전히 이해하고 활용한다면 당신 삶에서 문젯거리라고 생각했던 많은 것들이 사라지게 될 것입니다. 또한 삶의 모든 순간이 즐거운 신의 놀이터가 되는 것이지요.

책의 서두에 내가 경험한 다차원에 대해 소개했습니다. 이 경험으로 과거와 미래에 대한 전반적인 사고방식이 달라졌고, 명상을 통해 에너지 법칙을 사용할 수 있는 방법을 터득했습니다. 다차원에 대한 경험을 아래 그림을 통해 표현해보았습니다.

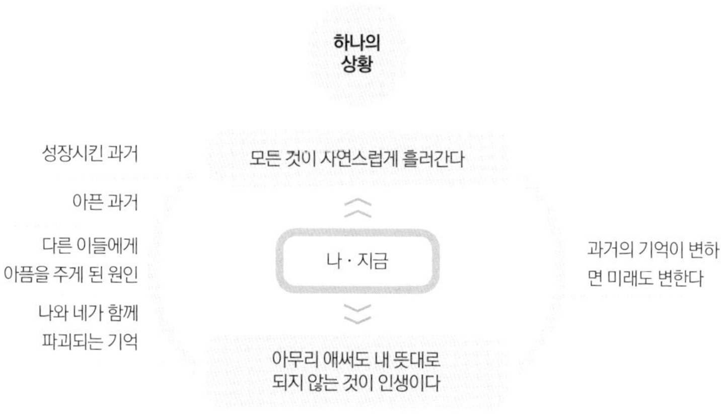

하나의
상황

성장시킨 과거

아픈 과거

다른 이들에게
아픔을 주게 된 원인

나와 네가 함께
파괴되는 기억

모든 것이 자연스럽게 흘러간다

나 · 지금

아무리 애써도 내 뜻대로
되지 않는 것이 인생이다

과거의 기억이 변하
면 미래도 변한다

변할 수 있는 과거

정화 과정을 통해 언제든지
변화시킬 수 있다.

성장은 정화 과정을 통해 더욱
빠르게 진행된다.

모든 순간이 선택이다

'지금'은 과거와 미래를 결정짓는
룰렛의 중심이다.

변화하는 미래

의식 상태에 따라 비전과 꿈이
생기며, 삶이 흐를 수 있도록
바라보는 힘이 길러진다.

나를 어떻게 인식하고 있는지에 따라 생각의 중심이 되는 상황을 끌어옵니다. 그림에서 표현된 '나'는 당신이 있고 내가 있는 지금 이 순간의 찰나입니다. '변할 수 있는 과거'는 책의 솔루션을 훈련했을 경우, 정화 과정을 통해 위로 향하는 성장을 표현한 것입니다. 상처였던 과거의 기억이 원동력이 되게 하는 힘은 오직 지금 이 순간일 뿐입니다. 또한 불투명하다고 생각하는 미래 역시 지금 이 순간 자신이 선택함으로써 비전과 꿈이 생기는 것입니다. 과거와 미래는 지금 이 순간 모든 내적 선택으로 인해 룰렛같이 변화할 수 있다는 말이지요. 과거가 독이 아닌 약이 될 수 있는 선택도 지금이고, 미래가 어두운 현실이 아닌 태양처럼 빛나게 하는 힘도 지금 이 순간의 선택에 대한 결과입니다.

다차원에 존재하는 우리의 또 다른 의식

지금 당신이 존재하는 공간에 다른 수많은 차원이 존재한다면 어떨까요? 나의 영적 체험으로 알게 된 것은 수많은 차원이 존재하며, 그곳에는 나의 의식만이 존재한다는 것입니다. 과거의 나는 지금과 같은 의식이 아니었습니다. 미성숙했고 결핍이 많은 상태였지요. 매 순간 나로부터 흐르는 의식 에너지들이 지금 이 순간을 중심으로 모든 공간을 다차원적으로 채우고 있음을 체험으로 알게 되었습니다.

우리가 숨쉬는 허공 속에는 눈에 보이지 않는 수많은 에너지가 흐르고 있습니다. 당신을 통해 스쳐 지나갔던 모든 생각들이 다차원적으로 존재하고 있는 것입니다. 당신의 생각도 같은 공간 안에 있는 다차원적인 에너지로부터 영향을 받게 됩니다. 아주 잠깐 동안의 생각이었다 해도 그 에너지는 사념체(思念體)가 되어 눈에 보이지 않는 다차원 공간에서 우리와 함께 존재합니다. 당신의 탄생 순간부터 지금

이 순간까지 했던 모든 생각이 에너지 형태로 당신과 함께 같은 공간에서 다른 차원을 이루어 함께 다닌다고 상상해보세요. 그 생각에너지가 당신에게 어떤 영향을 주는지에 대한 깊은 이해와 관찰이 필요합니다.

에너지의 영향권에서 벗어나려면 생각을 멈추거나, 혹은 의도적으로 생각을 사념체보다 더욱 강하게 조절하여 자신만의 새로운 에너지로 채워나가야 합니다. 하지만 대부분의 사람들은 일상에서 자신도 모르게 나오는 말이나 행동에 어떤 영향을 받는지 모른 채 다차원적인 에너지에 지배받게 됩니다.

자신도 모르게 쌓여 있는 다차원적인 에너지로부터 방해받지 않는 자유로운 상태를 나는 '깨어난 의식'이라고 부릅니다. '깨어난 의식'은 매 순간 깨어 존재하며 가슴 중심의 에너지를 활용하여 살아갈 때 얻을 수 있습니다. 깨어난 많은 사람들은 이를 '현존'이라 부르고 있습니다.

태어나서 지금까지 떠올렸던 생각들을 관리한다는 것은 불가능한 일이겠지요. 과거의 모든 생각에너지들이 당신을 지배한다면 자신도 모르게 불쑥 튀어나오는 옛 기억과 감정들이 현실에도 많은 영향을 끼칠 것입니다. 그 사념체가 당신을 지배하지 못하도록 하는 작업이 내적 탐구와 꾸준한 명상입니다. 자신의 생각에너지를 바라봄으로써 과거의 사념체가 흐려지게 도와주는 것이지요.

사념체가 흐려진 자리는 새로운 생각에너지로 채워야 합니다. 깨어 있는 의식을 이용해 긍정적인 에너지로 다차원적인 공간을 채워야 합니다. 당신의 모든 생각에너지는 당신뿐 아니라 다른 이들에게도 영향을 주고, 그 영향을 또다시 당신이 받기 때문입니다. 당신이 영향을 받지 않을 방법은 오로지 지금 이 순간에 집중하여 내면만을 바라보는 삶이어야만 가능합니다.

다차원의 사념체를 자각하는 방법

여기서 다차원의 사념체를 자각할 수 있는 두 가지 방법을 알아보겠습니다.

첫째, 공감과 경청의 자세는 사념체의 방향을 알 수 있게 합니다.

가령 지인의 불평불만을 들어줄 때, 그 지인으로부터 나오는 생각에너지는 부정적 사념체를 이루게 됩니다. 눈에 보이지 않는 공간에서 그 에너지는 당신에게 흡수됩니다. 지인의 이야기를 듣고 경청을 넘어서 공감을 하는 순간, 에너지는 더욱 단단해져 당신의 공간까지 채웁니다. 그 에너지를 안고 집에 도착한 당신은 몇 시간 전의 일을 떠올리며 두 가지 반응을 보입니다. 지인과 비교하며 그래도 나는 행복한 편이라고 자신을 위로하거나, 신세를 한탄하거나 둘 중 하나겠지요. 두 가지 모두 상대를 평가하는 데서부터 시작됩니다. 나보다 행복하거나 불행하거나, 많이 가졌거나 부족하거나, 자신만의 잣대로 평가하며 그 에너지를 고스란히 자신의 것으로 만듭니다. 다른 사람의 삶을 자신과 비교하여 자신의 삶으로 초대하는 것이지요. 돌이켜보면 당신 역시 다른 사람에게 평가받을 준비를 하고 있는 것이라 볼 수 있습니다.

공감하는 모든 에너지는 내 삶으로 초대할 준비가 되어 있다는 뜻입니다. 공감은 타인이 느끼는 마음과 감정을 나에게 초대함으로써 그들을 동정하거나 동경하게 만드는 마음을 불러일으킵니다. 그러나 내면이 단단한 사람은 경청을 함으로써 타인에게 용기를 주고, 삶의 해결 능력이 그들에게 있음을 온전히 믿어주게 됩니다. 그들이 스스로 일어날 수 있도록 자연스러운 행동을 하게 되는 것입니다. 쉽게 설명하자면, 친한 친구가 병에 걸렸다고 했을 때 당신은 용기와 위로의 말을 건넬 것입니다. 그 용기와 위로의 말이 어디에서 나온 것인지 알아야 합니다. 집으로 돌아와 '아휴, 그래도 난 행복한 편이네. 지지고 볶아도 건강하니 말이야.' 이렇듯 비교에서 오는 용기와 위로였다면 당신은 자신도 모르게 병을 초대하고 있는 것입니다. 자신과 비교하는 공감 상태인 것입니다.

하지만 진정한 위로와 용기로 극복할 수 있는 믿음을 준다면 굳이 말을 하지 않아도 상대에게 충분히 에너지로서 전달할 수 있게 됩니다. 이것이 상대의 삶에 대한 경청의 자세입니다. 가슴 안에서 아픈 친구를 위해 자신이 해줄 수 있는 방법을 찾아낼 것입니다. 친구가 원하는 것이 간섭받지 않고 홀로 있는 것이라면 당신은 믿음으로써 기다려줄 수 있는 자세가 됩니다. 이 경청의 상태는 삶으로 에너지를 끌어들이는 것이 아니라, 에너지가 흐를 수 있도록 도와주어 빈자리에 긍정적 에너지를 채워나갈 수 있게 합니다. 자신뿐 아니라 함께하는 모든 이의 성장을 도울 수 있는 길인 것이지요.

마음으로부터 나오는 공감은 성장의 가능성에 제약을 두어 자신을 한계에 가둬놓는 방식입니다. 가슴으로부터 나오는 경청으로 다차원적 긍정 사념체를 쌓아 자신의 무한성 능력이 흐를 수 있도록 허용해보기 바랍니다.

둘째, 미래에 대해 불안과 확신 중 어떤 것이 올라오는지를 보면 당신이 현재 어떤 사념체를 두고 있는지 알 수 있습니다.

자신에게 한계를 두고 있다면 미래에 대한 불안과 할 수 없는 이유를 먼저 찾게 됩니다. 과거의 사념체에 둘러싸여 많은 영향을 받고 있는 것입니다. 시간이 흐를수록 과거의 사념체는 더욱 단단해져 당신이 두려움으로 인한 선택적 장애를 겪게 합니다. 당신에게 한계가 없음을 깨닫는 훈련과 체험을 통해 미래에 대한 확신을 맛보면 당신은 그때부터 새로운 사념체를 만들어내기 시작합니다. 이것은 신이 주신 유전자를 활용하면 가능한 일입니다.

당신에게 한계가 없다는 것을 증명하기 위해 생각이 현실이 되는 훈련을 시작해야 합니다. 생각이 현실이 되는 경험이 쌓이면 불안이 아닌 확신으로 당당한 삶을 살게 될 것입니다. 당신에게 한계가 없음을 배우는 훈련은 아기참새가 날갯짓을 하는 것과 같은 것이며, 의식 성장을 위해 꼭 필요한 과정입니다. 다음에 나오는 원리들을 이해하여 세상을 향해 당신의 꿈을 펼칠 수 있기를 바랍니다.

생각이 현실이 되는 에너지 법칙, 현실창조 명상

생각이 현실이 되는 에너지 법칙은 우리가 집중적으로 하는 모든 생각이 현실이 된다는 간단한 원리입니다. 나는 이 법칙을 현실창조라 부릅니다. 이 간단한 원리가 어려워 보이는 이유는 생각에너지의 연결고리가 상당히 복잡하기 때문입니다.

우선 지금 당신이 하는 생각의 출발점이 어디인지가 중요하며, 연결된 다른 생각에너지들 역시 중요합니다. 우리는 관계 안에서 서로 협력하는 존재들이기에 다른 사람들과의 연결 에너지도 관련성이 있습니다. 모든 법칙은 단독으로 진행되지 않습니다. 함께 연결되어 있어 모두가 이로운 방향으로 현실이 창조되기 때문입니다. 나와 너, 너와 우리, 우리와 모두가 옳은 방향으로 생각한 것이 현실로 드러나기 때문에 깜짝선물 같기도 합니다. 예를 들어 당신이 원하는 목표가 있다면, 참여한 사람들이 모두 이로운 방향으로 흐를 수 있는 최적의 시기에 현실이 되는 것입니다. 그럴 때 당신은 '이런~ 내가 생각한 것들인데 현실이 됐어!'라며 환호할 수도 있고, '이런~ 역시 우려하던 것들이 현실이 되었군' 하며 절망할 수도 있겠지요.

현실창조에서 긍정과 부정이 분리되어 판단되는 일은 없습니다. 모든 생각은 창조의 힘을 가지고 있습니다. 현실창조의 출발점이 올바른지, 잘못된 시작인지에 대한 관찰이 필요한 이유입니다. 이 법칙은 우리가 숨 쉬는 매 순간 존재합니다. 다만, 그 강력함의 차이, 그리고 의도적으로 법칙을 사용하는 사람과 그렇지 않은 사람의 차이가 있을 뿐입니다.

마음창조와 가슴창조

현실창조를 이루기 위해서는 네 가지 조건들이 성립되어야 합니다. 생각, 시각화(장면), 느낌, 일상이 그것이지요. 이 조건들이 성립된 법칙을 우리는 알든 모르든 현실에 적용하며 살아가고 있습니다.

현실창조는 크게 두 가지로 분류할 수 있습니다. 바로 마음창조와 가슴창조입니다. 마음창조는 정화 과정 없이 원하는 것들만 생각하며 쫓아가는 삶을 살게 합니다. 또는 이 법칙을 모른 채 자신의 목표 설정을 중심으로 삶에서 포기해야 하는 부분들을 당연시하며 앞만

보고 걸어가는 인생이 여기에 속합니다.

마음창조는 또 다른 마음을 불러내 끊임없이 누군가와 경쟁 구도를 일으켜 쫓고 쫓기는 삶을 살게 합니다. 그러다 인생의 막바지에 다다라서야 인생무상을 말하는 결과를 가져오게 됩니다. 쉽게 설명하자면, 집 한 칸 없이 살던 아이가 성인이 되어 집에 대한 집착이 강해져 인생 목표를 집 장만으로 설정해놓고 열심히 일하여 목표를 이루었을 때, 그가 느끼는 감정은 공허함이 될 수 있다는 것입니다. 만약 여기에 정화 과정을 거쳐 가슴창조가 이루어졌다면, 창조한 집에서 어떤 가족과 어떤 삶을 살아가고 싶은지 매 순간의 감사함을 느끼는 창조가 되었을 것입니다.

인생 목표가 사회적인 지위나 명예일 경우 마음창조는 오로지 그 지위에만 집착하게 하지만, 가슴창조는 그 명예로 나는 무엇을 나누고 성장시키고 싶은지에 대해 생각하게 합니다. 가슴창조는 영혼으로부터 나오는 창조이기에 자신의 의식을 성장시킬 뿐 아니라 다른 사람들의 성장에도 기여합니다. 영혼은 모두 연결된 에너지이기 때문이지요.

현실창조에는 마음창조와 가슴창조가 같은 원리로 적용되지만, 둘은 전혀 다른 결과를 가져옵니다. 먼저 창조에는 책임이 따른다는 것을 명심해야 합니다. 배우자를 만나 결혼하고 싶은 생각으로 현실창조를 이루었다면 결혼생활에 대한 책임이 따릅니다. 승진이나 사회적 명예에 대한 현실창조를 원한다면 그 직위에 맞는 책임이 따르는 것이지요. 자신이 목표한 바를 이루기 위해 현실창조를 가슴에 품고 있다면 내가 왜 그 목표를 원하는지, 그로 인해 어떤 성장을 하고 싶고 무엇을 나누고 싶은지 스스로 질문할 수 있어야 지혜로운 현실창조를 이끌어낼 수 있습니다. 또한 원하는 모습이 될 수 있도록 내적인 힘도 길러야 하는 것입니다.

현실창조의 원리와 활용

당신이 이 책을 통해 충분한 정화 과정이 이루어졌다는 가정하에 가슴창조를 중심으로 현실창조에 대해 설명해보겠습니다.

우선 생각, 시각화(장면), 느낌, 일상에 대한 원리를 이해해야 합니다. 생각은 당신의 다차원적인 부분에 큰 영향을 미칩니다. 과거에 대한 인식이 변화되었다면 당신은 놀라운 성장을 이루었을 것입니다. 새로운 일에 대한 도전이 두렵지 않을 것이며, 성장하고 싶은 욕구가 발동될 것입니다. 과거 인식에 대한 변화는 다차원적인 부분에서 새로운 사념체를 받아들일 준비를 시작하기에 성장하고 싶은 욕구를 자극하는 것입니다.

이렇게 우리는 점진적인 의식성장의 길을 걸어가게 됩니다. 의식이 성장하면서 우리가 거쳐야 할 일은 현실창조의 법칙을 이용하여 삶에서 자신을 증명하는 것입니다. 우리는 일상에서 생각 사념체를 의도적으로 만들고 단단하게 빚어 이를 현실로 가져오는 원리를 활용합니다. 이를 가장 빠르게 실천할 수 있는 방법이 명상입니다. 명상을 통해 내면으로 들어가 자신만의 우주적 다차원에 생각 사념체를 집중시켜 그 생각을 현실로 초대하는 원리지요.

의식성장 솔루션

현실창조 명상법

1. 꿈을 실현시켜줄 현실의 목표를 정한다

- 자신의 삶에 비전을 세워 목표를 정해보자.
- 삶의 목표가 명확하지 않을 땐 먼저 정화 과정과 내면에 집중한다. 목표보다 순간의 깨어 있음이 우선해야 한다.
- 아직 믿음이 확실치 않다면, 가장 먼저 이루어졌으면 하는 현실을 목표로 잡아본다.

2. 나의 목표가 마음창조인지 가슴창조인지 스스로에게 질문해본다.

- 내가 이 목표를 이루고 싶은 이유는 무엇인가?
- 목표가 이루어졌을 때 그에 따라오는 책임을 질 준비가 되어 있는가?
- 나의 목표가 세상이나 사람들에게 이로움을 줄 수 있는가?

3. 목표를 이루었을 때의 느낌을 일상에서 미리 맛보는 연습을 해본다.

- 목표를 이룬 후 아침을 맞이하면 어떤 기분이 들까?
- 식사할 때는 어떤 기분으로 음식을 먹을까?
- 성공한 모습으로 사람들과 대화를 나누면 어떤 기분일까?
- 목표를 이루었을 때 일상에서 어떻게 행동할지, 몸의 감각으로 성공을 미리 느낄 수 있도록 반복 훈련한다.

4. 아침, 저녁 시간을 내어 신의 능력을 활용하는 명상을 진행한다.

명상 중에 느낀 느낌으로 일상을 대할 수 있도록 중심을 잡고 해야 할 일에 집중한다.

현실창조 명상

현실창조 가이드 명상에 따라 마음 너머의 창조 공간(신과 함께하는 차원)에 다다르면 가슴센터가 확장되는 듯한 느낌이 듭니다. 창조 공간에 다다르기 위한 확실한 방법은 명상을 시작할 때 당신이 원하는 것을 이미 이루었다고 느끼고 신께 감사하는 것입니다. 눈을 감고 최대한 느리게 호흡하면서 몸을 이완시킵니다. 이미 이루었음에 대해 의도적으로 신께 '감사합니다, 감사합니다'를 말하며 내면 깊은 곳까지 울림이 전달되게 합니다. 그렇게 일정 시간(가슴센터에 다다르기까지의 시간은 대략 20분 정도)이 흐른 뒤 에너지가 확장되는 것이 느껴지면 정면을 응시한 채 당신이 원했던 모습을 구체적으로 떠올리고 의도적인 생각을 입히는 것입니다. '나는 ~을 위해 이런 생각을 합니다', '나는 ~을 이루어 행복하고 감사합니다' 이렇게 창조의 에너지장을 불러내는 내적 선포를 하는 것입니다. 그리고 그것을 이루었을 때의 느낌을 의도적으로 느껴봅니다.

현실창조 원리에서 중요한 점은 원하는 모습이 되기까지 함께한 모든 사람에게 진정한 감사와 사랑을 전달해야 한다는 것입니다. 우리가 머무는 이곳은 혼자 사는 세상이 아니라는 점을 항상 명심해야 합니다. 나의 창조 스토리를 위해 자신의 시간과 창조를 기꺼이 내어준 모든 존재에 감사를 표현합니다. 가슴에서 느꼈던 에너지를 이제 몸 밖의 모든 공간으로 확장시키고, 더 나아가 온 우주를 향해 확장시키는 연습을 통해 최대한 그 에너지와 함께 머무릅니다. 그리고 감사와 축복, 사랑과 희망 등 긍정적 에너지로 명상을 마무리합니다.

여기까지가 현실창조 명상 작업입니다. 초보자들은 1시간 내외가 적당합니다. 마음이 간절하면 누구보다 일찍 일어나서 명상하고, 잠들기 전 명상하여 현실창조 작업을 해나갈 것입니다. 처음 명상을 시작할 때는 느낌이 선명하지 않을 수도 있습니다. 이 훈련이 반복되면 원하는 것이 이미 이루어졌다는 확실한 느낌을 받게 됩니다.

성공한 것처럼 행동하고 감사하라

이제 현실창조 명상을 마쳤다면, 가장 중요한 것은 일상입니다. 일상에서 현실창조가 이루어졌다는 느낌으로 생활해야 합니다. 현실은 변한 것이 없어도 내면에서는 이미 성공한 것처럼 확신에 찬 에너지를 내보내야 합니다. 일상에서 남들이 눈치 채지 못하게 연기하는 것이지요. 이미 이루어진 것처럼 연기하다 보면 세포들은 당신이 직접 경험한 것처럼 착각을 합니다 (세포의 변화는 성공을 이미 경험한 것처럼 몸으로 느낄 때 일어납니다). 당신의 몸은 이미 성공을 누리고 있는 것으로 인식하여 당신을 성공한 사람으로 만들어냅니다.

이때 같은 공간의 다차원에서 당신의 또 다른 의식은 당신에게 끊임없이 영감과 아이디어를 보내올 것입니다. 그 영감과 아이디어는 당신의 정신과 마음이 이완되었을 때 불쑥 찾아옵니다. 번뜩이는 영감을 알아차리고 당신은 신호에 맞춰 행동하기만 하면 됩니다. 그러면 당신을 도와주는 사람과 상황들이 생각지도 않게 나타나기 시작할 것입니다. 당신을 위해 나타난 신성을 향해, 그리고 그 상황에 가슴으로 축복하는 것이 우리의 할 일입니다. 당신의 성공한 의식이 보내주는 신호와 만남이기에 감사하는 것이 우리의 역할입니다. 목표를 위해 현실은 때로 시련으로 다가올 수도 있지만, 그 역시 오로지 당신을 위한 과정 속의 스토리일 뿐이라는 것을 믿어야 합니다. 그 믿음으로 감사함을 느끼는 것이 현실창조 안에서 우리가 해야 할 일이지요. 그렇게 삶에서 떠오르는 모든 것들을 즐기기만 하면 되는 것입니다.

당신은 목표한 모든 일의 과정이 알아서 펼쳐지는 것을 지켜보게 될 것입니다. 그것이 육체적 피로와 급격한 환경 변화를 가져오더라도 당신은 오직 즐기는 창조자 역할만 하면 되는 것입니다. 당신은 꿈에 쫓기며 꿈속에서 헤매는 자가 아닌, 꿈을 통솔하는 창조자가 되는 과정 안에 있게 됩니다. 이때 당신은 이러한 말들을 하게 되겠지요. "사람들이 불쑥 나타나더니 모든 게 자연스럽게 흘러갔어요. 제가 한 건 매일 최선을 다하며 행동한 것뿐입니다. 당시에는 고민되고 힘들었지만, 지나고 보니 모두 나를 위한 일이었어요."

당신이 목표한 그 자리에서 지난 일을 추억하며 그렇게 말하게 될 것입니다. 그 믿음으로 살아가고 있다면 당신은 자아의 높은 의식과 함께하고 있는 것입니다. 높은 의식과 함께하는 삶은 사소한 것들로 위대함을 만들어내는 기적과 함께하는 것입니다. 이는 당신이 혼자 하는 것이 아닙니다. 우주의 법칙에 따라 다른 영혼들과 도움을 주고받으며 신성과 함께 일하는 것입니다.

현실창조의 마지막 열쇠, 사랑

창조의 마지막 열쇠는 사랑입니다. 신성의 사랑은 마음의 고요함 속에서 드러납니다. 감정을 일으키는 내면에 가득한 핵심 원인의 정화 과정을 거친다면 삶의 신비로움을 발견하게 되어 있습니다. 그 마지막 열쇠가 바로 사랑입니다.

삶의 모든 순간을 사랑하세요. 일어나는 모든 것들에 마음의 파도가 넘실거려도 그 모든 것을 사랑하세요. 당신이 창조한 삶입니다. 당신의 모든 의식이 흘러나와 창조한 삶임을 알아야 합니다. 모든 것을 사랑할 수 있어야 정해놓은 목표에 맞는 그릇이 생기는 법입니다. 지금 당신이 그 어떤 시련 안에 있다고 해도 당신이 창조한 현실임을 인정하고 사랑해야 창조 능력이 더욱 확장됩니다.

현실을 거부한다는 것은 자신의 창조 능력을 거부하는 것이니 이는 자신을 믿지 않는 행위입니다. 자신을 믿어야 현실창조 원리를 제대로 사용할 수 있습니다. 현실을 인정하는 방법은 너무도 간단합니다. 당신이 어떤 상황에 있든 그냥 이렇게 외치면 됩니다. "나는 내가 창조한 이 모든 현실을 존중하며 사랑합니다. 이 모든 상황은 나를 위한 신의 선물입니다!" 선포와 함께 그 의미가 온몸에 퍼지도록 느껴보는 것입니다. 당신은 자신에게 주어진 모든 상황이 당신을 위해 돌아가고 있다는 것을 확실히 느낄 수 있게 될 것입니다. 진정한 현실 창조자가 되는 것입니다.

저는 이제 소망해봅니다. 저의 가이드 없이도 어디에서든 호흡을 느끼며 사랑으로 존재하는 빛나는 당신의 삶을 살아가길 기원합니다.

당신 자신이 되어 살아가고 사랑하라

어린 시절을 지나 성인이 되어 더 선명해지고 의미를 생각해보게 하는 기억 속 꿈이 있습니다. 어릴 적 늘 불안했던 나는 자주 가위눌림에 시달렸습니다. 초등학교 6학년부터 극도로 무서운 광경들에 잠을 이루지 못했습니다. 매일 밤 발밑에 있는 귀신을 보았고, 그럴 때마다 내 몸은 꼼짝도 하지 못했습니다. 부모님께 하소연했지만 먹고살기 바쁜 이유로 크게 신경 써주지 못했습니다. 한 달 넘게 잠들지 못하니 낮에 움직이는 것조차 힘들었습니다.

그 무렵 엄마가 집을 나가 누구에게도 기댈 수 없는 상황에 나는 점점 외톨이가 되어가고 있었습니다. 문득 성당에 다니는 초등학생 친구 수민이가 떠올랐습니다. 나도 성당에 가면 무언가 찾을 수 있지 않을까? 이후로 매일 등교하기 전 새벽 미사에 나갔습니다. 1년 후 한 중학교 친구 부모님의 도움을 받아 나는 세례를 받았습니다. 엉망이 된 집에서 벗어나고 싶어 어느 날은 학교를 빠지고 성당에 나가 하루 종일 기도를 하기도 했습니다.

마음속에 원망이 가득 찬 나는 '제발 저를 하늘나라로 데려가주세요'라고 기도했습니다. 원망으로 시작했던 기도는 어느덧 기적이 일어나길 간절히 바라는 기도가 되었습니다. '저도 행복한 사람이 되고 싶어요. 행복이 무엇인지 알고 싶어요. 화목한 가정을 경험하고 싶어요.'

간절한 기도가 하늘에 닿았는지, 어느 순간 따뜻한 기운이 사방을 가득 채우고 있는 느낌을 경험했습니다. 어두운 공간이 밝아지면서 어느 한 곳 빈틈없이 사랑으로 가득 채워진 듯한 느낌을 받았습니다. 이 신비한 경험은 내가 믿는 신의 존재를 느꼈던 순간이라고밖에는 달리 표현할 방법이 없네요. 임재가 느껴지는 순간이었지요. 그날 밤 평생 잊지 못할, 지금까지 내 삶의 안내가 되어주는 신비로운 꿈을 꾸었습니다.

꿈속에서 나는 거친 바람과 모래폭풍 속을 헤매며 사막을 힘겹게 걷고 있었습니다. 끝도 모른 채 무작정 걷고 있는 내 눈앞에 찬란한 빛이 가득한 언덕 위의 천막이 보였습니다. 그 빛을 향해 걸어가 천막에 다다르자 바람과 모래폭풍이 잠잠해졌습니다. 천막 안으로 들어가자 따뜻한 빛이 사방에서 나를 감싸 마치 포근한 집에 돌아온 기분이었습니다. 그 순간 어디선가 웅장한 음성이 울려퍼졌습니다.

'봉사하라. 봉사하라. 봉사하라.'

음성에 이끌려 천막 밖으로 나오자 사막은 초원이 되어 있었고, 나무가 자라기 시작했으며, 천막 안에서 퍼지는 빛은 온 세상을 밝히고 있었습니다. 그 따스한 느낌과 귓전에 울려퍼지는 음성을 가슴에 품은 채 잠을 깼습니다. 이 꿈 이후로 나를 괴롭히던 가위눌림이나 이상한 경험들이 말끔히 사라졌습니다. 많은 시간이 흐른 뒤에도 그 꿈은 더욱 선명해졌고, 명상 안내자로 활동하는 지금까지도 내 인생에 있어 봉사와 배려에 대한 기준이 되어주고 있습니다.

봉사는 상대가 원하는 것을 나누는 것

중학생이었던 나는 그 음성을 따라 보육원의 자원봉사를 나가기 시작했습니다. 부모 없는 아이들을 보며 그나마 나는 행복한 것이라며 작게나마 위로를 받기 시작했지요. 마침 한 아이가 나를 잘 따랐습니다. 예쁜 모습에 자꾸 안아주니 한시도 떨어져 있지 않으려 했습니다. 담당자가 내게 말했습니다. "아이들이 의지하게 되니 안아주지 마세요."

아이에게 다시 오기로 약속한 날 사정이 생겨 다른 날에 보육원을 찾았습니다. 아이는 나를 보자마자 왜 그날 오지 않았냐며 아주 서럽게 울었습니다. 나에게 다가오지도 않은 채 실망과 의심의 경계심으로 나를 대했습니다. 순간 나의 어리석음을 깨달았습니다. 나는 무책임했고, 배려가 부족했으며, 기다림에 지쳐 있는 아이에게 또 다른 기다림을 안겨주었다는 것을 알게 된 것이지요. 왜 담당자가 안아주지 말라 했는지 이해가 되었고, 아이가 나 아닌 다른 사람에게도 많은 상처를 받았겠구나 생각하니 마음이 아팠습니다.

봉사라는 이유로 남들에게 호의를 베푸는 행동이 얼마나 어리석은지 알게 되었습니다. 상대가 원하는 것을 나누는 것이 봉사이지, 나를 위해 상대에게 베푸는 것은 봉사가 아닙니다. 그것은 단지 나 자신을 위로하고픈 하나의 수단일 뿐입니다. 다른 이의 불행을 통해 내 안에서 감사함을 느낀다는 것이 얼마나 이기적인 봉사인지, 그것은 봉사가 아니라 동정일 뿐이며, 삶을 비교하는 이기적인 행위일 뿐임을 알게 되었습니다.

그 뒤로 나는 보육원에 봉사활동을 나가지 않았습니다. 약속을 지키지 못할 것을 알았기에 아이에게 더 이상 상처를 주고 싶지 않았습니다. 동전을 모아 후원금을 보내주는 것으로 봉사를 대신했습니다.

삶을 사랑하며 사랑으로 존재하라

그 이후로도 꿈속의 음성이 안내해준 봉사의 진정한 의미를 찾아가기까지 오랜 시간이 필요했습니다. 나보다 어려운 사람들을 도와줄 수 있는 일을 찾아 봉사하는 것이 나의 소명은 아닐까? 그것을 외면하면 벌을 받을 것 같은 생각이 들 때도 있었습니다. 성인이 되어서는 영적 경험을 통해 내 안의 신성에게 봉사하라는 내면의 음성도 들었습니다. 하지만 내면의 음성 또한 나로부터 나온다는 것을 알게 되었습니다. 내면 안내자, 그 또한 나인 것을 알게 된 것입니다. 나는 나로서 존재하며, 모든 의식 차원의 음성은 바로 나였던 것입니다.

그 의식에는 희생이 필요하지 않습니다. 그저 자신으로 존재하기만 하면 되는 것이지요. 내가 찾은 나의 봉사는 '나 자신을 사랑하며 내가 사랑이 되는 것'입니다. 그저 사랑으로서 존재하는 것, 그것이 바로 마음이 나를 향한 봉사입니다. 누군가의 아픔을 안쓰러워하며 동정하지 않고, 나와 비교하지 않으며, 온전히 내가 사랑이 되어 그들에게 용기를 줄 수 있도록 그저 사랑으로 존재하는 것입니다. 내가 사랑으로 존재할 때 나와 함께하는 많은 사람들도 자신을 사랑하며 존재의 가치를 느끼게 됩니다. 그리하여 그들도 사랑으로 존재할 수 있게 되는 것이지요. 다른 이들에게 용기를 주고 희망을 불어넣어주며 사랑을 나눌 수 있는 것입니다.

어릴 적 선명한 꿈속에서의 봉사의 의미는 이제 나에게 '삶을 사랑하며 사랑이 되어라'는 의미로 다가옵니다. 나의 체험을 통해 당신에게 해주고 싶은 말은 타인의 삶에 당신을 맞추는 것이 아닌 온전히 당신 자신이 되어 '나라서 기쁨이며, 나로서 기뻐하라'는 것입니다. 당신이 스스로의 존재 가치를 느낄 수 있기를 진정으로 기원합니다. 당신 자신을 사랑하고, 당신의 삶을 사랑하세요. 이제는 온전히 당신 자신이 되어 세상을 살아가길, 또 삶을 사랑하길 두 손 모아 기도합니다.

의식성장 솔루션 그후

솔루션 참가자 6명의 체험 사례담

사례 1 | 40대 초반 여성

"언니를 보내지 못해 힘들었는데, 어느새 의연하고 단단해진 내 모습이 놀랍습니다."

2020년 5월, 저는 사랑하는 언니를 하늘나라로 보내고 정말 힘든 시간을 보내고 있었습니다. 처음으로 가족을 잃은 저에게는 감당하기 힘든 고통이었고, 마음속에서 어떻게 언니를 보내줘야 하는지도 모른 채 세상이 끝난 것처럼 슬픔에 빠져 있었습니다.

얼마의 시간이 흐른 뒤 가족들과 제주도를 가게 되었고, 운명처럼 마이트리 님을 만났습니다. 마이트리 님은 저에게 상실에 대해, 그리고 앞으로 어떻게 살아가야 하는지에 대해 진심 어린 말씀을 해주셨고, 그녀의 안내로 태어나서 처음으로 명상이란 걸 접했습니다.

명상이 시작되자 마이트리 님은 제게 가장 사랑하는 사람을 눈앞으로 데려오라고 하셨습니다. 그때 저는 너무 그립지만 다시는 볼 수 없는 언니를 만나고 싶었습니다. 마이트리 님의 안내에 따라 명상을 하던 중 저는 깊은 곳에 꽁꽁 숨겨져 있던 제 마음을 만났습니다. 언니의 인생이, 언니의 고통과 아픔이, 힘들었던 투병 기간이 파노라마처럼 지나갔고, 조카들을 위해 하루라도 더 살고 싶어 했던 언니의 마음이 느껴져 하염없이 눈물이 흘렀습니다. 그토록 열심히 살아온 언니가 왜 그렇게도 빨리 떠나야 했는지 하늘이 원망스럽기도 했습니다.

언니가 떠난 뒤 몇 달 동안 언니의 부재를 충분히 인정하고 받아들였다고 생각했는데, 나 자신이 언니를 보내주지 못하고 붙잡고 있다는 걸 명상을 통해 알았습니다. 힘겹게 명상을 마무리하고 눈을 떴을 때, 함께 명상했던 분들이 저의 슬픔에 공감하고 함께 울어주는 모습을 보았습니다. 나의 마음을 알아주시는 것 같아 감사하고 행복했습니다. 강렬했던 첫 명상을 통해 저는 너무나도 큰 위안을 받았습니다.

명상과 솔루션 체험 이후 달라진 나를 발견했습니다. 예전과는 달리 봉안당에 찾아가 언니에게 반갑게 인사하고 얘기도 할 수 있게 되었습니다. 나의 언니가 아픔 없는 곳에서 행복하게 있을 거라는 막연한 믿음도 생겼습니다. 언니의 부재로 슬퍼만 할 게 아니라, 내가 언니를 대신해서 언니가 그렇게 살고 싶어 했을 오늘을, 언니가 누리고 싶어 했을 사소한 행복을 느끼며 열심히 살아야겠다고 다짐했습니다.

그렇게 힘들어하던 내 마음이 어떻게 이렇게 의연해지고 단단해졌을까? 마이트리 님을 만나 언니의 부재를 인정하고 명상에 집중했던 그때부터였구나. 명상의 힘은 나도 모르는 사이에 나의 내면을 변화시키고 있었습니다.

몇 개월 뒤 우리 가족은 다시 제주도를 찾았습니다. 마이트리 님을 만나 그동안의 변화에 대해 얘기를 나눴습니다. 우리는 서로의 눈을 바라보며 마음을 나누었고, 마이트리 님은 깊은 사랑을 담아 위로와 축복으로 우리를 응원해주었습니다. 행복했습니다. 그리고 제주의 숲과 바람과 나무의 기운을 느끼며 명상을 했고, 바닷가에서도 명상을 했습니다.

제주의 파도 소리를 들으며 시작한 명상에서 저에게 신비한 명상 체험이 찾아왔습니다. 명상이 시작되자 마이트리 님의 안내에 따라 저는 눈을 감은 채 눈앞에 보이는 것(파장)을 아무 생각도 마음도 없이 그저 바라보았습니다. 얼마의 시간이 지났을까요. 갑자기 골반 뒤쪽에서 진동이 전해졌습니다. 일정한 진동으로 원을 그리듯 몸이 둥글게 회전하기 시작했습니다. 진동은 점점 배꼽, 가슴 쪽으로 올라오면서 더 크게 회전했습니다. 가슴 쪽으로 진동이 올라오자 심장박동이 빨라졌고 어깨까지 회전하기 시작했습니다. 저의 의식은 '이게 뭐지?' 하면서도 계속 진동할 수밖에 없었습니다. 태어나 처음 겪어보는 신기한 경험에 당황했지만, 마이트리 님의 안내에 따라 차분히 명상을 마무리했습니다.

마이트리 님은 제가 경험한 것이 쿤달리니라며, 몸속에 잠들어 있던 에너지가 깨어난 것이라 했습니다. 내 몸속에 어떤 에너지가 있다는 것을 느낀 소중한 경험이었습니다.

쿤달리니를 경험한 뒤 저의 생활에 조금씩 변화가 생기기 시작했습니다. 매일 명상을 했고, 명상이 끝나면 눈이 맑아지고 몸이 가벼워지는 느낌이 들었습니다. 그동안 미뤄왔던 독서도 하고 싶다는 생각이 들었습니다. 제가 하고 있는 일에서 자신감이 생기기 시작했고, 일을 조금 더 확장하고 싶다는 생각도 들었습니다. 명상을 하면서 남편이나 아이들에 대해 감정적으로 크게 동요하는 일이 줄어들었고, 하루하루를 오늘보다 더 사랑해야겠다는 마음이 올라왔습니다.

저는 제 마음을 쉽게 말하지 못하는 사람이었습니다. 힘든 일이 생기면 혼자서 해답을 찾으려 했습니다. 하지만 마이트리 님을 만나서 명상의 즐거움과 마음 나눔의 기쁨을 알게 되었고, 나와 가족들, 친구들, 그리고 다른 이들을 위해서 마음을 어떻게 다스려야 하는지도 조금씩 알아가고 있습니다. 마이트리 님의 안내는 저에게 정말 인생을 바꾸는 큰 계기가 되었습니다. 앞으로도 꾸준한 명상과 마음공부를 통해 더 넓은 눈으로 나와 세상을 바라보려고 합니다.

사례 2 | 40대 중반 여성

"몸속 깊이 박힌 가시가 빠져나간 순간, 비로소 새 삶을 살 수 있었습니다"

마이트리 님의 안내로 새 삶을 살고 있는 사람입니다. 저는 지극히 평범하고 남들이 보기에 부족하지 않은 삶을 살고 있었습니다. 안정된 직장과 여유로운 생활, 남편과의 관계도 괜찮다고 생각했습니다. 그러던 어느 날 남편의 핸드폰 문자메시지를 통해 남편과 다른 여자의 부적절한 관계를 알게 되었습니다. 그때 저의 마음은 지옥 같았습니다. 남편을 믿고 힘들게 산 정상에 올랐는데, 뒤를 돌아보니 남편이 다른 여자의 손을 잡고는 저를 낭떠러지 아래로 밀어버린 느낌이었습니다. 당시의 충격으로 저는 물 한 모금도 삼키지 못하고 혼자서 지독한 열병에 시달렸습니다.

그러던 중 마이트리 님을 알게 되었습니다. 저는 힘든 내색을 하지 않으려 애를 썼지만 한눈에 알아보신 마이트리 님이 이유도 묻지 않은 채 명상을 권했고, 죽을 것처럼 힘들었던 저는 살고 싶다는 간절한 마음으로 첫 명상을 시작했습니다.

명상에 대해 아무런 지식이 없던 저는 마이트리 님의 안내에 따라 불안과 분노가 뒤얽혀 있던 감정을 가라앉히고 조금씩 호흡에 집중했습니다. 첫 명상에서는 모든 것이 암흑이었습니다. 사방이 검은 공간에 오직 저만이 갇혀 있었습니다.

수시로 그 사건이 떠올라 꼬리에 꼬리를 무는 상상으로 저 자신을 옭아맬 때도, 마이트리 님은 생각을 조절할 수 있음을, 그리고 반복 훈련으로 극복할 수 있음을 매번 확신시켜주셨습니다.

매일의 명상과 마이트리 님의 안내로 제 몸속 깊숙이 큰 가시가 박혀 있음을 알아차렸고, 너무 아팠지만 살고자 하는 간절한 마음으로 용기를 내어 그 가시를 빼내어버릴 수 있었습니다. 때때로 혼자 엉엉 울기도 하고, 달리는 차 안에서 소리도 지르는 등 상처가 아물기까지 많은 우여곡절이 있었지만, 마이트리 님은 그때마다 상처가 클수록 아무는 시간이 더 걸리는 것은 당연한 거라고, 괜찮다고, 잘하고 있다고 저를 다독이고 격려해주셨습니다.

그 사건 이후 2년 정도가 지난 지금, 저는 매일 아침 명상으로 하루를 시작합니다. 저만의 명상 방법은 바른 자세로 앉아 손을 무릎 위에 얹고 깊고 부드럽게 심호흡을 한 뒤 감사한 얼굴들을 떠올립니다. 좋았던 일들도 떠올립니다. 그리고 제가 원하는 하루의 모습을 떠올린 후 호흡에 집중합니다. 그러면 내 몸속의 세포 하나하나가 같은 마음이 되어 좋은 에너지를 내뿜는 듯한 느낌이 듭니다. 저녁에는 저만의 루틴으로 오늘 하루의 모든 기억을 버리는 명상을 합니다. 마음속 모든 찌꺼기가 없어지고 편안한 상태에서 잠드는 그 느낌이 좋습니다.

요즘 저의 목표는 '내가 원하는 삶 살기'입니다. 행복과 사랑이 넘치는 가족뿐만 아니라 원하는 목표를 이루기 위한 노력을 실천하고 있습니다. 일상에서 좋지 않은 기분이 들 때면 마이트리 님의 유튜브 동영상을 시청하고, 저 자신과의 대화를 합니다. 그러면 밖으로 뻗어 있던 가시들이 점점 사그라지는 느낌이 듭니다.

마이트리 님이 해준 말 중 가장 힘이 되었던 말은 "준 만큼 되돌려 받아요"였습니다. 저는 이 말을 항상 가슴에 새기고 살아갑니다. 전에는 내게 큰 상처를 준 두 사람이 상처를 준 만큼 되돌려받을 것이라 생각하며 위로를 받았는데, 요즘은 내가 사랑을 준 만큼 더 큰 사랑으로 돌려받는다는 의미로 와닿습니다. 그 말이 저를 더 좋은 사람으로 만들어주는 것 같습니다.

마이트리 님이 내어준 사랑의 불씨로 저뿐만 아니라 가족 모두 환하게 빛날 수 있었습니다. 저의 불씨가 또 다른 분에게 희망과 사랑이 될 수 있도록 항상 감사하고 겸손한 마음으로 하루하루를 살아갑니다.

사례 3 | 30대 후반 여성

"부모님께 받은 상처가 사랑임을 깨닫고 펑펑 울었습니다"

늘 저만큼 힘든 사람이 없을 거라고 생각했습니다. 부모 복도 없고, 건강도 안 좋고, 날 도와줄 사람도 없구나…. 늘 남탓을 했고, 나는 누군가의 보호를 받고 치유받아야 할 존재라 여겼습니다.

가장 기억에 남는 솔루션은 나의 모습을 보는 것, 나의 상처를 보는 것이었습니다. 기억 속에서 가장 불행했던 내 모습을 본 순간 처음으로 펑펑 울었습니다. 울 수 없을 거라 생각했고, 그때의 기억도 꺼내지 못할 거라 생각했지만, 명상 안내에 따라 모든 게 자연스레 터져나와 신기하고 홀가분했습니다.

가장 어려웠던 솔루션은 나를 자각하는 것, 내 감정을 알아차리는 것이었습니다. 알아차리기 전에 여전히 감정이 쏟아지고 화가 올라옵니다. 꾸준한 연습이 필요한 것 같습니다.

보이는 세계가 아닌 또 다른 초월의 세계가 있다는 것을 깨닫고 이를 실제 느꼈던 경험이 정말 신기했습니다. 부모님을 바라보는 저의 시선이 많이 바뀐 것도 큰 수확이었습니다. 부모님은 언제나 사랑을 주셨고, 항상 사랑이었다는 것을 점점 깨달아갑니다. 그 사랑을 저의 남편, 아이들에게 되돌려주고 싶습니다. 나 자신이 사랑임을 알게 해 주셔서 고맙습니다.

사례 4 | 40대 중반 여성

"제 안의 신성을 만난 후 화내는 게 많이 줄었습니다"

명상을 알기 전, 저는 정해진 틀을 벗어나지 않으려는 성향이 컸습니다. 눈에 보이는 물질세계가 전부라고 생각했고, 영혼과 정신세계에 대해서는 막연하다고 여기며 살았습니다.

모든 일을 처리할 때도 적당하게, 크게 선 넘어가는 일이 없는 안전지향주의자였습니다. 인간관계도 적당한 선을 유지하며 서로에게 상처 주지 않는 정도를 유지하려고 노력했구요. 가족들에게는 감정기복이 심한 모습을 자주 보여주었습니다. 자주 화를 내는 편은 아닌데, 한번 화가 나면 크게 폭발하는 사람이었습니다.

저는 관념박스 솔루션을 진행할 때가 가장 힘들었고, 그만큼 가장 기억에 남는 것 같습니다. 깊이 들여다볼수록 나의 사고방식이 이렇게 견고했구나 새삼 알게 된 사실에 많이 당황스럽기도 했습니다. 제가 화를 내는 포인트나 평소 사람들이 이해되지 않았던 부분이 관념박스 솔루션을 진행하면서 비로소 이해가 되었습니다. 제가 왜 그런

포인트에서 화가 나고 감정이 상했는지를 알 수 있었습니다. 제 안의 관념박스가 상당히 견고한 것을 알게 된 시간이었습니다.

관념박스 깊은 곳에서 저의 이기심과 욕심, 제 감정과 관념의 부끄러운 민낯을 대면했을 때 많이 당혹스러웠고, 그걸 뛰어넘기가 정말 힘들었습니다. 다른 분들의 관념박스를 읽으면서 나의 편협한 마음도 돌아볼 수 있어 좋은 시간이었습니다.

명상과 솔루션을 진행한 후 제게 큰 변화가 생겼습니다. 먼저 저 스스로 에너지 정화가 많이 되었다는 느낌이 듭니다. 제 몸의 에너지를 느꼈고, 명상을 할수록 몸이 가벼워지는 느낌도 받았습니다. 명상 초반에 겪었던 신체 반응이 많이 줄었고, 마이트리 님 안내대로 그런 다양한 반응에 집착하지 않고 명상에 더 집중할 수 있게 되었습니다. 기원명상 및 마이트리 님과 1대1 명상을 한 뒤에는 명상이 한층 깊어짐을 느꼈습니다.

명상을 통해 저의 신성도 만났습니다. 항상 제 안에 존재하며 저를 지금의 삶으로 안내해준 신성을 만났다는 확신이 들었습니다. 그때의 느낌은 처음 쿤달리니를 경험했던 순간만큼 인상 깊게 남아 있습니다.

명상을 통해 저의 정신세계를 들여다보고, 저의 에너지를 만나고, 제 안에 있는 신도 만나게 되어 행복하고 충만한 기분이 듭니다. 저에 대한 확신도 강해졌습니다. 평소 남편과 많이 다투었는데 명상을 하면서 감정이 많이 동요하지 않는다는 걸 느꼈습니다. 다양한 솔루션을 실천한 덕분인지 남편을 이해하는 폭도 예전과는 비교되지 않을 만큼 넓어진 것을 느낍니다. 이것이 저에게는 정말 큰 변화 중 하나라고 생각합니다. 아이들에게도 예전보다 잔소리하는 횟수가 많이 줄었습니다. 명상을 지속하는 한 앞으로 더 좋아질 거라는 확신으로 오늘도 내 안의 나를 들여다봅니다.

사례 5 | 40대 중반 여성

"현실창조 명상으로 원하는 매출을 올렸습니다"

저의 목표는 딱 한 가지, 매출을 올리는 것이었습니다. 무의식을 정화한 뒤 원하는 모습을 잠재의식에 넣고 이를 반복, 반복, 반복…. 그런데 신기한 건, 제가 원하는 모습이 왔는데 너무도 자연스러워서 그냥 지나쳤다가 순간 어? 이거? 하고 딱!!! 가슴을 통! 하고 치는 듯한 느낌이 들어 감사의 글을 남깁니다.

우선 저의 목표는 월매출이 두 배로 늘어나고 현재 적자인 상황을 흑자로 돌리는 것이었습니다. 바쁜 와중에도 명상을 위해 시간을 쪼갰습니다. 매출은 명상 전과 후가 확연히 다르게 오르긴 했지만, 적자에서 흑자로 돌리는 것은 꽤나 힘든 작업이었습니다.

마이트리 님이 주신 과제 3가지

1. 매달 나가는 이자를 보고 감사해하며 적금 들고 있다고 내 잠재의식을 속일 것!

"그러면 이자를 더 내야 하는 상황이 오지 않을까요?" 질문했던 기억이 납니다. 마이트리 님은 우주는 느낌으로 대화하기에 이자를 낼 때 결핍에 있으면 결핍 상황을 끌어온다고 하셨습니다. 이자를 낼 때마다 돈의 흐름을 느끼며 감사함으로 즐기라고 하셨습니다. 그런데 정말 신기하게도 손님들이 늘어나고, 이자를 내고도 돈이 남기 시작했습니다.

2. 상황이 바뀌는 전환의 순간에 오히려 베풀 것!

마이트리 님은 미리 축배를 들지 말고, 손님들에게 더 좋은 환경을 제공하기 위한 '나눔'을 생각하라고 하셨습니다. 빚을 메꾸는 데 집중하지 말고 어떻게 하면 손님들에게 더 좋은 환경으로 서비스를 제공할 수 있을까, 그 답을 찾으면 바로 행동하라고 하셨습니다. 예전의 저였으면 빚을 메꾸고 한숨 돌렸겠지요. 하지만 돈의 흐름을 알고 나니 내가 무엇을 해야 하는지 보였고, 시간이 지나 더 좋은 매출로 빚을 상환할 수 있게 되었습니다.

3. 명상과 기도를 쉬지 않고 꾸준히 할 것!

마이트리 님은 가게를 오픈하기 전, 아직 보지도 못한 손님들을 향해 축복의 기도를 하고 평화를 빌라고 하셨습니다. 그리고 돈을 받을 때마다 '제가 세상에 더 이롭게 사용하겠습니다' 하는 마음을 내고, 돈을 지불한 손님에게도 부자가 되기를 기원하라고 하셨습니다. 이 경험은 내게 너무도 귀한 가르침을 주었습니다. 손님과 돈을 대하는 태도가 이전과 많이 달라졌습니다. 돈이 살아 있는 느낌이 들었고, 나의 태도가 바뀌니 가게 분위기도 덩달아 많이 변했습니다. 무엇보다 우리 가족의 분위기가 이전과 비교할 수 없이 돈독해졌습니다. 이 모든 인연과 은혜에 감사드립니다.

사례 6 | 40대 초반 남성

"소원이 이루어졌다고 잠재의식에 새기니 특별승진의 기적이 찾아왔습니다"

저는 공무원입니다. 2022년은 경사 → 경위 승진을 위한 마지막 해였습니다. 세 번의 기회 중 마지막 한 번의 기회가 남은 상황이었기 때문에 연초부터 틈틈이 승진 시험 공부를 하던 중, 8월에 지인의 소개로 마이트리 님을 만나 처음으로 소울명상을 접했습니다. 첫 명상을 통해 내면의 나를 조금씩 알아차리며 많은 눈물을 흘렸고, 이후 매일 새벽명상과 책명상을 통해 명상에 한 발짝 더 다가갔습니다.

그룹 솔루션에 참여하여 내면의 신성에게 감사와 사랑을 배우고, 나를 진정으로 사랑하는 방법을 배웠습니다. 함께 참여한 분들과 명상을 통해 배우고 느낀 것을 공유하고 서로를 응원하며 조금씩 성장하는 것을 느꼈습니다.

9월이 되어 마이트리 님께 현실창조에 대한 안내를 받고 그 방법대로 명상을 진행했습니다. 승진이 이미 이루어졌을 때의 기분을 상상했습니다. 임명장을 받은 뒤 여러 사람에게 축하 전화를 받으며 연신 "감사합니다" 인사하는 모습, 부모님께 전화해서 승진했다고 인사하는 모습을 계속 떠올렸습니다.

주변 사람들에게는 나의 목표를 알렸습니다. 함께 명상하는 소울팸 님들은 승진에 대한 기원명상을 해주셨습니다.

그렇게 매일 새벽명상을 하던 중 10월이 되자 슬슬 걱정이 올라오기 시작했습니다. 명상에만 집중하느라 시험공부를 상대적으로 소홀히 했다는 불안과 자책이 들었습니다. 마이트리 님은 믿음을 가지고 지금처럼 꾸준히 현실창조 명상을 하라고 말해주셨습니다. 혹 시험공부를 해서 불안감이 없어진다면 승진 공부를 해도 좋다고 하셨습니다.

명상을 통해 하루하루 행복해지는 경험을 했고, 내가 원하는 일들이 조금씩 이루어지고 있는 것을 느꼈습니다. 승진 시험이 얼마 남지 않은 상태에서 저는 명상으로 현실창조를 해보겠다는 결심으로 흔들리는 마음을 굳혔습니다.

매일 명상을 하며 이미 승진한 나의 모습을 상상했습니다. 12월부터는 아침에 눈 뜨자마자 "나는 ○○○ 경위다!"를 외쳤고, 나의 승진한 모습에 대해 내 안의 신성과 우주에 감사한 마음을 전했습니다. 새벽명상 후 108배 절 체조를 할 때는 나의 승진을 도와주신 한 분 한 분의 얼굴을 떠올리며 감사함을 전했습니다. 잠들기 전에는 명상음악을 들으며 승진해서 기쁜 나의 모습을 떠올리며 잠이 들었습니다.

8월에 내가 찍은 적극행정 영상 촬영이 11월에 대상을 받았습니니다. 그것으로 인재상을 올렸는데, 100% 받을 수 있는 상임에도 불구하고 문서와 상반된다며 인재상을 받지 못하는 황당한 상황이 벌어졌습니다 (뒤늦게 알게 된 사실은, 인재상을 받았더라면 같은 공적으로 특별승진을 못 올린다는 것입니다. 지금 생각하니 창조에너지가 저를 인도해준 것 같습니다).

이후 상관이 저에게 특별승진을 올리라 해서 얼떨결에 올렸고, 필요한 자료들도 함께 일하는 동료들이 만들어주었습니다. 생각지도 못한 일이었습니다. 그렇게 중간중간 내가 원하는 대로 일이 이루어졌고, 그때마다 감사의 마음이 나를 가득 채웠습니다.

12월 특별승진 발표일이 다가올 때쯤, 새벽명상에서 마이트리 님의 안내로 소울팸 님들과 승진을 위한 기원명상을 했습니다. 그날 나의 몸 전체에서 심한 전율을 느꼈는데, 그 전율의 쾌감이 너무 좋았습니다. 승진이 되었다고 믿고 있어서 그런지 발표날이 다가오면 으레 찾아오는 불안감이 전혀 없었습니다. 혹시나 물건이 떨어지거나 부정적인 말을 접할 때면 '모든 에너지들이 나를 위해 흐르고 있다'라고 확언하며 다른 생각들을 했습니다 (물건이나 무언가 떨어지면 합격이 안 된다는 저만의 징크스가 있었습니다).

승진 발표날이 되었을 때도 불안은커녕 마음이 편안하고 평온했습니다. 현실창조 명상을 통해 제 마음은 이미 승진했기에 동요되지 않았습니다. 놀라운 경험이었습니다.

승진이 발표되어 명단에 제 이름이 있는 것을 보았습니다. 여기저기 축하 전화를 받으며 인사하고 있는 나를 보면서 명상하며 떠올리던 장면들이 스쳐 지나갔습니다. '아, 이 장면이었는데….' 신기했습니다.

승진 임용식 날, 나의 전 지휘관이었던 서장님께서 임명장을 수여하고 계급장을 달아주는 순간 내가 "감사합니다!"라고 인사하는 모습도 명상에서 떠올렸던 장면이었습니다. 서장님께 계급장을 수여받는 길은 특별승진밖에 없었습니다. 매일 명상하며 떠올렸던 것들이 현실이 되어 내 눈앞에 펼쳐지고 있다는 사실이 너무 놀라웠습니다.

현실창조를 하며 내가 말하고 행동하고 상상했던 것들이 저절로 이루어지도록 세상이 움직여주는 이치를 몸소 체험하니 놀랍기도 하고 감사와 사랑이 내 안에 꽉 차는 것을 느낍니다. 앞으로도 새로운 목표를 가지고 현실창조를 계속 이루어나가도록 하겠습니다.

| Epilogue |

나는 안전지대에서 벗어나기로 했다

세계적인 영적 스승 요가난다가 생애 마지막에 머물렀던 조슈아 트리에 방문한 적이 있습니다. 그곳은 많은 영성인들이 머무는 곳입니다. 그곳에 있는 동안 매일 새벽에 일어나 간단한 절 체조와 함께 명상을 했습니다.

하루는 명상하고 눈을 뜬 순간 내 앞에 아름다운 빛들이 떠다니는 것을 보았습니다. '내가 헛것을 보고 있나?' 미세한 입자들이 온 세상을 가득 채우고 있었습니다. 빛 속에서 손을 이리저리 움직이며 함께 춤추듯 어우러지는 느낌은 경이로움 그 자체였지요. 순간 사람들에게서 나오는 투명한 띠의 에테르체를 보았습니다. 누군가에게서는 후광이 보이기도 했지요.

가장 강력했던 느낌은 나무와의 교감이었습니다. 나무에 손을 대고 눈을 감은 채 함께 하나가 되어보았습니다. 나무의 뿌리가 땅밑에서 에너지를 타고 올라와 나에게 말을 거는 듯했습니다. 최대한 천천히 호흡하며 나무의 숨소리와 하나가 되었습니다. 어느덧 호흡조차 느껴지지 않는 의식에 도달하자 오로지 에너지로 존재하기 시작했습니다. 내 몸은 분명 나무에 손을 대고 있었는데, 어느 순간 몸이 사라져버린 느낌이 들었습니다. 나무의 미세한 꺾임 소리와 바람에 흔들리는 가지들이 느껴졌습니다. 나무와 나, 바람, 모든 것이 하나가 되는 순간이었지요. 어느 순간 강해진 바람에 꼭 날아갈 것 같은 느낌을 받았습니다. 이러다 내가 꺾일 수 있겠다는 느낌에 눈을 뜨는 순간 '아, 내 몸이 여기 있었구나' 깜짝 놀라며 내 몸과 나무가 분리된 것을 알아차렸습니다. 잠시였지만, 분리된 몸이 낯설게만 느껴졌습니다.

교감 체험을 하며 문득 한 기억이 떠올랐습니다. 조슈아 트리에 방문하기 전 미국 세도나에서 한 여인을 만났는데, 그녀는 사람들의 에너지를 읽으며 강력한 치유와 사랑 에너지를 전달하고 있었습니다. 그녀는 나에게 이렇게 말했습니다. "당신은 순수의식이니 자연과 많은 교감을 하고 있으며, 앞으로 더 많은 교감을 하게 될 것입니다." 그 말을 듣는 순간 눈물이 왈칵 쏟아졌습니다. 자연과의 교감 체험을 통해 사람들에게 자연에서 치유받는 길을 안내하면서도 정작 나 자신의 능력과 소명에 확신을 갖지 못해 의심했던 시간에 미안함이 올라왔기 때문입니다. 순간 모든 의심은 확신으로 바뀌었고, 나의 확신에 모든 것을 내맡겨보자 다짐한 계기가 되었습니다.

이후 나는 삶의 안전지대에서 벗어나보기로 했습니다. 나의 느낌에 온전히 내맡겨도 괜찮을 것이란 확신이 들었기 때문이지요. 어느 날인가부터 영적인 섬 제주가 나를 부르는 느낌이 강하게 들어 지체 없이 모든 것을 정리하고 제주로 거주지를 옮겼습니다. 연고도 전혀 없었고, 어떠한 인연의 접점도 없던 새로운 환경이었습니다. 아무도 아는 이 없는 제주에서 내 삶은 어떻게 흘러갈까? 온전히 흐름에 내맡기며 살아보자 다짐했고, 이후로 모든 일들이 일사천리로 진행되었습니다. 남편은 집 가까운 곳으로 발령을 받았고, 나는 책을 쓸 수 있는 시간이 생겼습니다. 또 하던 일까지 중단한 터라 경제적으로 힘들 줄 알았지만, 오히려 더 좋은 기회들이 찾아왔습니다.

가장 큰 변화는 바로 관계였습니다. 기존에 유지해오던 관계의 안전지대에서 벗어나보니 새로운 환경과 인연이 기다리고 있었지요. 새로운 사람들과 인연을 맺으며 그들과 함께 내가 했던 의식성장의 방법들을 공유하기 시작했습니다. 명상 안내를 통해 그들의 내면을 들여다보게 했고, 내면의 존재를 찾아가는 길을 안내했습니다. 또한 명상과 함께 각자에게 맞는 맞춤 솔루션을 제공하여 다양한 치유 효과를 경험했습니다. 그 인연들이 고리가 되어 또다른 인연과 연결되면서 나만의 명상 안내 방법을 체계적으로 정리할 수 있었습니다. 이렇듯 많은 것을 내려놓고 새로 시작한 곳에서 삶은 반갑게 나를 기다리고 있었고, 나의 도전은 큰 선물이 되어주었습니다.

앎은 실천과 행동을 통해서만 삶이 된다는 말이 있습니다(앎이라는 단어에서 'ㅇ'을 'ㅅ'으로 바꾸면 삶이 되지요. 'ㅅ'은 실천과 실행을 나타내어 삶이 됩니다). 내가 경험한 모든 배움에서 앎이라는 단어에 나의 실천을 더해 삶에서 경험하는 것이 온전히 나로 살아가는 것입니다. 알고는 있지만 실천하지 않으면 빈 껍데기에 불과합니다. 당신 역시 책을 통해 지혜를 나누고 배우며 '앎'의 자리에 들어서 있다면 이제는 그 모든 것을 실천하며 '삶'이 되게 하기를 바랍니다.

삶은 우리에게 선물과도 같습니다. 지나간 것을 심각하게 여기지 말고, 또 다가오지 않은 것을 미리 걱정하지 말고 자유롭게 살아가세요. 나 또한 당신과 함께 삶을 놀이터 삼아 즐겨볼 작정입니다. 그렇게 하루하루 높은 의식을 향해 매일 성장해나갈 것입니다. 당신 역시 이 세상에서 하고 싶은 것을 기꺼이 실천하고 충분히 즐기며 살아갈 자격이 있으며, 반드시 그렇게 살아야 합니다. 이는 우리가 태어난 이유이자 의무입니다. 당신은 아낌없이 사랑하며 행복하게 살아야 할 의무가 있습니다. 그것이 당신 내면의 신성이 원하는 삶입니다.

꽃가루처럼 내려놓아라

2023년 5월 25일 초판 1쇄 발행

지은이 이시현

펴낸이 박시형, 최세현 **편집인** 박숙정
책임편집 박숙정 **기획편집** 최현정, 정선우 **디자인** All designgroup, 전성연
마케팅 양근모, 권금숙, 양봉호, 이주형 **온라인마케팅** 신하은, 현나래
디지털콘텐츠 김명래, 최은정, 김혜정 **해외기획** 우정민, 배혜림
경영지원 홍성택, 김현우, 강신우 **제작** 이진영
펴낸곳 쌤앤파커스 **출판신고** 2006년 9월 25일 제406-2006-000210호
주소 서울시 마포구 월드컵북로 396 누리꿈스퀘어 비즈니스타워 18층
전화 02-6712-9800 **팩스** 02-6712-9810 **이메일** info@smpk.kr

ISBN 979-11-6534-732-1 (03810)